# VLADARG DELSAT

# РАЗДЕЛЕННЫЕ СНОМ

2024

Copyright © 2024 by **Vladarg Delsat**

All rights reserved.

No part of this publication may be reproduced, distributed, or transmitted in any form or by any means, including photocopying, recording, or other electronic or mechanical methods, without the prior written permission of the publisher, except as permitted by copyright law.

The story, all names, characters, and incidents portrayed in this production are fictitious. No identification with actual persons (living or deceased), places, buildings, and products is intended or should be inferred.

Book Cover by **StudioGradient**

Edited by **L.Pershakova**

Copyright © 2024 by **Vladarg Delsat/Владарг Дельсат**

Все права защищены.

Никакая часть этой публикации не может быть воспроизведена, распространена или передана в любой форме и любыми средствами, включая фотокопирование, запись или другие электронные или механические методы, без предварительного письменного разрешения издателя, за исключением случаев, предусмотренных законом об авторском праве.

Сюжет, все имена, персонажи и происшествия, изображенные в этой постановке, являются вымышленными. Идентификация с реальными людьми (живыми или умершими), местами, зданиями и продуктами не подразумевается и не должна подразумеваться.

Художник **StudioGradient**

Редактор **Л.В.Першакова**

# ГЛАВА ПЕРВАЯ

**Гри'ашн**

Моё имя означает «отброс». Точнее, это даже не имя, а презрительная кличка, которую дали мне приютившие меня из жалости. Я происхожу, судя по размеру ушей, из Древнего Рода, по какой-то причине исчезнувшего. Остался только я, и никого больше. Вот меня, вместо того чтобы отправить вслед за родными, и «приютили». Лучше бы убили.

Наша раса пришла в этот мир из далёких миров, дабы, как говорят книги, принести свет истины заблудшим. Тогда же населявшие этот мир безухие Низшие попытались восстать, но Высшие легко покорили их. С тех пор прошло много времени, поэтому сейчас Низшие живут в своих городах, работая для процветания Высших. По крайней мере, так говорят книги, хотя на деле большинство Высших никогда не видели ни одного безухого, как и те нас. У них свой мир, у нас — свой, и мы как-то сосуществуем.

Каждый из нас обладает даром магии, а безухие — нет. Хотя мы с ними совместимы, а самки у Низших красивые. Поэтому временами появляются обладающие магией смески. Отношение к ним — так себе, конечно, примерно, как ко мне.

Для обладающих магией, начиная с определённого возраста, существует Академия, где всех учат пользоваться этой магией. Хотя Совет Высших говорит о равных возможностях, это, конечно, не так. Редко кто из смесков, отобранных у родителей, доживает до выпуска. Я, наверное, тоже не выживу, но мне... Я просто никому не нужен... был.

Я очень хорошо помню ночь, в которую ко мне пришли эти сны. Днём меня сильно наказали, отчего я чуть не сошел с ума от боли, поэтому, будучи брошенным на свою подстилку в леернике[1], хотел только одного — поскорее умереть. Вот тогда-то ко мне во сне впервые пришёл он. Звался он «дядя Саша», подобная конструкция имени мне была, кстати, незнакома, что говорило об иномирном происхождении собеседника.

Сначала это был только голос, потом же я увидел его полностью, узнав, что со мной говорит безухий. Но к тому времени мне уже было всё равно, я просто устал быть отбросом. Именно этот безухий рассказал мне, что я — не отброс, не падаль, а ребёнок... Не знаю, что это значит... И ещё дядя Саша назвал меня Малышом.

— Здравствуй, Малыш, — улыбается он мне.

Мы лежим рядом на чём-то мягком, а над нами — полное звёзд небо, это очень красиво. У нас не бывает такого неба — или тучи, или же десяток тусклых огоньков, и всё, а у него — просто волшебное небо. Я не знаю, где он живёт, но мне пока достаточно и того, что он просто есть.

— Здравствуй, дядя Саша, — отвечаю ему.

Мы как-то понимаем друг друга, хотя он ещё учит меня своему языку. Зачем мне это, я не знаю, но с ним так хорошо, так тепло, что я не возражаю.

— Я расскажу тебе сказку, — говорит мне этот безухий, хотя именно безухим его называть не хочется, потому что уши у него есть, хоть и другие. — В некотором царстве, в некотором государстве...

Сначала мне было совершенно непонятно, что такое «сказка», но дядя Саша объяснил мне. Потом ещё объяснил, что такое «царство». Вот и теперь он рассказывает мне сказку, а потом мы будем её обсуждать, поэтому слушать надо очень внимательно, чтобы ничего не пропустить. Он учит меня слушать, находить другой смысл в словах и не думать, что я никчёмный.

Ещё дядя Саша даёт мне то, чего я никогда не знал в реальности — он меня обнимает, согревает своей душой и помогает. С магией дядя Саша незнаком, но многое умеет и без неё, а с магией я как-нибудь справлюсь и по книгам. Меня в книгах не ограничивают, потому что никому со мной возиться не хочется, а когда я в читальне, то меня не видно. А когда меня не видно, то я не раздражаю никого своим видом, и меня не нужно воспитывать.

Воспитанием эти... Высшие... Они называют этим словом боль. Она может быть обжигающей, жалящей, секущей... У боли множество оттенков, но результат всегда один — для меня выключается свет, и я несколько дней не могу двигаться. Дядя Саша тогда говорит непонятные слова и остро жалеет, что его нет рядом.

Я тоже жалею, что дяди Саши нет рядом. Иногда мне очень хочется оказаться там, где он, но это невозможно. Взамен дядя Саша учит меня прятаться и делать маленькие пакости, от которых Высшие долго отходят, к счастью, они не могут выяснить автора. Поэтому они «воспитывают» меня, а я у них воспитываю рефлекс: помучили меня — и сразу свалилось невезение. Получается пока плохо, но я в самом начале пути.

Дядя Саша учит меня быть сильным, внимательным, осторожным и честным, насколько это возможно. Он говорит, что я должен быть честен перед собой. Это, наверное, правильно.

Днём я пробираюсь сначала в место приготовления корма. Еда-то мне не положена, она только для Высших благородных, а я ем корм там же, где Низшие. И хорошо, что не там, где животные. Не знаю, какая еда у Высших, но меня кормят вполне достаточно, хотя дядя Саша говорит, что однообразно, но сойдёт.

Сегодня мне нужно выполнить задание дяди Саши — почитать книги по общественному устройству. Книги по истории я читал уже, и мы их обсудили. Получается, записанное в истории — ложь по большей части, но правду из неё мы можем вычленить. Точнее, дядя Саша может вычленить и объяснить.

Каменный замок похож на «ракету», так назвал его дядя Саша. Он мне нарисовал даже эту самую «ракету», действительно, похоже. Высокая башня, на самом верху которой находятся покои Высших, а внизу — круглое основание для Низших и таких, как я. Фактически, у меня статус смеска, хотя я таковым и не являюсь. Дядя Саша говорит, что это ненормально, и что здесь есть какая-то тайна. Наверное, рано или поздно я узнаю, почему со мной обращаются именно так, а пока надо выполнять задание.

Прижимаясь к стенам, я прохожу по галерее, тут особенно для меня опасно — Высшие иногда любят гулять по галереям, зачастую в плохом настроении. По сторонам я не смотрю, чтобы не накликать беду. Замковые слуги непохожи на Высших, зато похожи на безухих — они выглядят, как маленькие Низшие, ростом мне по пояс, одетые в кожаные штаны и безрукавку на голое тело. Называются слуги ха'аршами, при этом владеют какой-то особенной магией. А вот какой именно, я пока не знаю. Но именно из-за этого попадаться даже им — плохая мысль.

Закончился серый камень стен, начались гобелены, коридор освещается светом, проникающим сквозь стрельчатые окна. Я поворачиваю направо, чтобы подняться по узкой лесенке — её используют ха'арши, поэтому подниматься приходится на четвереньках, но чего не сделаешь ради собственной безопасности... За лесенкой — коридор, где меня не тронут, даже если и увидят — тут уже территория читальни, где я в безопасности.

В самой читальне нужно подойти к распределяющему шару, чтобы попросить именно то, что нужно, а затем, прихватив кристалл, забиться в самый тёмный угол, чтобы впитать информацию. Если не повезёт — вместо кристалла будет свиток или даже книга, обшитая кожей, происхождение которой я знать не хочу.

Итак, общественное устройство... Какое у нас может быть общественное устройство? Сверху — Высшие, снизу — бесправные Низшие. Первые творят, что хотят, вторые молча терпят. Ладно, я маленький и не понимаю многого, но почему они терпят? Ведь Высшие берут их самок силой, а если попадётся Высший в плохом настроении, то вообще лучше и не думать, что может быть. Почему же они терпят? Надо разобраться. Просто обязательно надо!

## Калира

Я — дитя бога. Остроухий снизошёл до моей матери и сделал её своей избранной, только почему-то мама этому не рада, а меня... Кажется, она меня ненавидит за то, что я очень похожа на богов. Когда я подрасту, они возьмут меня к себе в сияющий город, чтобы учить маги. И вот когда меня выучат, я вернусь в этот город, тогда мы и посмотрим, кто здесь «отродье». Ну а пока я должна быть кроткой и послушной, иначе будет больно.

Мы — люди, хотя боги называют нас «Низшими», когда снисходят. Мы живём в своих городах и деревнях, а боги — в сияющем светом лесу. Говорят, там находится их волшебный город. У людей много запретов, установленных богами, за что их и не любят. А я живу в ожидании своей мести, потому что почти каждый день для меня сопряжён с болью. Я обязана носить предупреждающий знак о том, что владею магией. На самом деле тонкий ошейник на моей шее не позволяет мне пользоваться своими силами, пока я не пройду обучение у богов.

Люди богов ненавидят. Раз в сотню лет, они устраивают восстание, которое подавляется богами так, что население уменьшается в четыре раза. Боги убивают всех — и женщин, и детей, хотя самые красивые женщины становятся избранными и выживают, но никогда никому не рассказывают, какой ценой. Их охотно берут замуж, как было и с моей матерью, потому что последнее восстание было десять лет назад. Богов не остановили ни паровые пушки, ни новомодные пулемёты, они просто уничтожили все технологичные вещи вместе с изобретателями, и теперь людям приходится начинать всё сначала.

Ненависть людей к богам выливается и на меня, поэтому я — единственная, кого наказывают за что угодно и перед всем классом. Это очень больно и очень стыдно, поэтому я всё больше ненавижу людей. Всё чаще мне хочется, чтобы они все умерли, но это пока невозможно. Только эта ненависть и помогает мне жить, иначе я бы давно уже постаралась уйти.

Мечтаю о том дне, когда меня заберут в Академию, так называется школа магии. Странно, но боги не наказывают людей за то, как они ко мне относятся, ну, пока я жива, наверное. Проверять это не особенно хочется, хотя каждый день я встречаю со страхом. Я очень не хочу боли, но понимаю, что она всё равно будет.

На завтрак у меня небольшой кусочек хлеба и вода в чашке. Ни масло, ни салат, ни даже каша, которую едят другие, мне не положены, а живу я в маленькой комнатушке на чердаке, где летом очень жарко, а зимой очень холодно, но я почему-то не заболеваю, хотя иногда хочется.

В последний год у меня временами простреливает болью в груди, но жаловаться нельзя — будет только хуже. В лучшем случае изобьют, а в худшем — ещё и благодарить заставят... специальным образом. Не хочу об этом думать, лучше потерплю.

Иногда я думаю: если бы я родилась с нормальными ушами, любила бы меня моя мама, или как сейчас? Мама меня ненавидит, старается задеть словами, а уж подзатыльник или оплеуху я от неё огребаю почти всегда. Когда она в плохом настроении, нельзя попадаться ей на глаза. Я уже научилась угадывать её настроение.

Я быстро съедаю кусочек хлеба, оставлять нельзя, потому что перед выходом в школу меня тщательно обыщут. Не знаю, зачем это делается, но факт есть факт. Может быть, они просто хотят показать свою власть? В любом случае перед выходом мне надо подготовиться к обыску — сходить в туалет и осмотреть самой одежду и бельё, потому что они только и ищут повода, чтобы сделать мне больно.

За что? Ну что я такого сделала? За что со мной так?!

Нет ответа на эти вопросы и не будет никогда. У меня никогда не будет кого-нибудь близкого среди людей, а боги... Я не знаю, может быть, какой-нибудь бог сделает меня своей избранной? И тогда я смогу всем отомстить! И маме, и школьным учителям, и всем тем, кто старается ударить в школе и по дороге к ней.

Вот, наконец, ощупывание везде, называемое «обыск», закончилось, и я могу выйти из дому. Подхватываю сумку, выхожу на улицу. Светит солнце, но на мостовой грязь, значит, нужно пробраться к школе побыстрее, чтобы не забрызгало грязью из-под колёс проезжающей кареты. Если в школе заметят хоть пятнышко — лучше тогда мне умереть самой. Правда, за грязь наказывают не только меня, а всех, при этом выбирая самые болезненные и унизительные методы, чтобы «научить» быть опрятными. После дождя поэтому в школу идти особенно страшно.

Я иду, прижимаясь к стенам домов. На улице никого, к счастью, нет, поэтому, скорее всего, я избегу тычков, обидных прозвищ и избиения. Другие дети могут зажать толпой, затащить в подворотню и сделать там страшное. Не боль страшна, а что-то другое, что я и назвать не могу, но именно этого я боюсь больше всего и, чтобы этого не случилось, готова на всё. Потому что после такого жить просто не смогу.

Мне десять лет, но иногда кажется, что многие сотни… как у богов. Поскорее бы они меня забрали к себе, подальше от этих проклятых людишек. Жаль, что нельзя просто заснуть до того момента. За прогул школы будет даже хуже, чем за грязь. Даже думать об этом не хочу.

Смотреть по сторонам страшно, но нужно. Вокруг каменные и деревянные дома, пролетают кареты, дилижансы, но они не для меня, я — «отродье», самое ненавидимое существо среди людей. Кажется, во мне уже остались только два чувства — страх и ненависть, даже есть уже не хочется, мне просто всё равно.

Почти у самой школы я немного расслабляюсь, и

судьба меня тут же наказывает за это. Какая-то карета с коронами на дверцах при виде меня маневрирует, поднимая просто фонтан грязных брызг, окатывающих меня прямо перед школой. Это видят все идущие в школу, а я ещё успеваю заметить широкую улыбку куратора-контролёра, но тут меня захлёстывает страх, в груди разгорается пожар и... Я чувствую какой-то очень сильный холод, поняв, что, кажется, умираю. Свет гаснет, отправляя меня в мир, полный льда и боли.

## ГЛАВА ВТОРАЯ

**Гри′ашн**

— Давай поразмышляем, — говорит мне дядя Саша, обнимая за плечи. — Что мы знаем из истории?

— Мы знаем, что она недо... недо... — я опять забыл это слово, но он не ругается и не торопит, позволяя мне вспомнить. — Недостоверна!

— Вся? — коротко интересуется дядя Саша, и вот тут я задумываюсь.

А действительно, вся ли история — враньё? Что мне известно? Мой народ пришёл по звёздной дороге, чтобы принести свет истины неблагодарным Низшим. Враньё? Вроде бы да. Хорошо, звёздную дорогу отставим в сторону, хотя именно это доказывает, что ушастые — не продукт этого мира.

— Получается, нет, — задумчиво отвечаю я, прижимаясь к нему. — Я думаю, что ушастые — как вот те, в чёрных касках, которых ты мне показывал.

— По твоим рассказам, похоже, — кивает дядя Саша. — Но что это значит?

— Значит, Низшие должны восставать, но в Хрониках об этом ни слова, — послушно отвечаю я. — Нужно Хроники с той стороны найти, правильно?

— Правильно, — вздыхает дядя Саша, погладив меня по голове так, как умеет только он. Ведь и гладит меня только дядя Саша. — Только это может быть очень опасно.

Я понимаю, что может быть очень опасно, но интересно же. Хотя, скорее всего, визит в город безухих стоит отложить, потому что нельзя без разведки, так дядя Саша говорит. Вот только разведывать я пока не умею почти, значит — сначала надо учиться. Мне ещё очень многое необходимо узнать, поэтому я впитываю все те знания, которыми он со мной делится.

Во сне мы с ним чаще всего сидим на диване в полутёмной комнате. Ещё в ней стоит странной формы стол и стулья, а больше я ничего не вижу — темно. Дядя Саша меня часто обнимает, давая почувствовать своё тепло, как А'фт[1], которого у меня никогда не было. От этого меня обуревают незнакомые чувства. Я спрашиваю дядю Сашу о них, и он объясняет мне, как называется то, что я чувствую.

— Поутру посмотри книги, если такие есть, объясняющие строение Высших, — советует мне он. — Во-первых, в случае чего будешь знать, куда бить, а во-вторых, узнаешь, зачем им нужны Низшие и смески.

Это дядя Саша заметил, что в замке больше всего самок. Причём они самые разные — от очень юных, до взрослых, чуть ли не старых. Только вторые больше похожи на умерших. Они хоть и живые, но ведут себя так, как будто их больше ничего не интересует. Кроме того, время от времени слышны крики, доносящиеся из покоев Высших, и вот это слышать мне страшно. Просто жутко слышать эти звуки, кажется, кровь стынет в жилах.

Дядя Саша, когда услышал мой рассказ, сказал что-то непереводимое на своём языке, который называется «русский», но я догадался, что он не одобряет этого. Но и не объясняет... Говорит, подрасту — тогда. Я согласен, потому что выбора у меня всё равно нет.

Утром я опять пробираюсь в читальню и долго ищу книги, о которых говорил дядя Саша. Они есть только в особой секции, мне туда нельзя, но вот кое-что я нахожу. Это наставления юному Высшему, как содержать себя в чистоте и гармонии. Внимательно вчитываясь в текст, обнаруживаю, что до определённого возраста у них не работает половая функция, а вот после ушастому необходимо какое-то «соитие» почаще. Отметив себе необходимость спросить об этом ночью, занимаюсь ежедневными делами — убрать, почистить и ни в коем случае не попадаться на глаза.

Весь день думаю об одном: могут ли Высшие держать Низших и смесков именно для того, чтобы делать с ними это непонятное слово? Мне кажется, что вполне могут, потому что Высшие же совершенно не считают безухих разумными. Почему-то мне становится нехорошо от одной этой мысли. Находясь в своих раздумьях, едва успеваю спрятаться, лишь почуяв ушастых.

— Ка'аль предлагает поиграть, — говорит один из них. — Пусть отбросы, отродья и прочий мусор считают себя избранными, тогда выход во время жертвоприношения будет, по его расчётам, выше.

— То есть старые сказки про всеобщее равенство? — я ясно слышу сомнение в голосе второго. — Я не возражаю, только пару отродий надо отобрать для работы.

— Можно и после ритуала, — хмыкает первый. — Тогда своей воли у них вообще не будет.

— Очень хорошая мысль! — звонким злым смехом реагирует первый.

Жертвоприношение. Я уже знаю, что это такое, но описывать не буду, очень уж это страшно. Зачем-то Высшим понадобилось много энергии, поэтому они принесут в жертву своим богам нас... носящих в себе дар. Надо обязательно посоветоваться с дядей Сашей! В то, что через год меня не станет, не верится, но всё возможно... Нужно что-то делать, но вот что, я не знаю. Поэтому будет о чём поговорить.

Для жертвоприношений существуют специальные дни, кроме того, многое зависит от возраста жертвы, поэтому меня для этого использовать ещё нельзя, а вот через год... Через год будет можно, это я уже выяснил, да и не скрываются здесь такие штуки. Только вот страшно очень временами, просто до жути страшно... И что с этим делать, я не знаю.

Пробираюсь обратно в читальню, нужно найти материалы по жертвоприношениям. Особенно о том, почему страх усиливает выход магии во время этого процесса. Прячусь, конечно, почти стелясь по каменным полам, мимо гобеленов с невнятными картинами так, чтобы не поймали. Прохожу внутрь — и сразу к артефакту, но в голове много посторонних мыслей, поэтому первая книжка, полученная мной, совсем не о том. Это настоящая книга, как у дяди Саши, вот только написанное там странно.

Ритуал Выбора, ритуал Защиты, ритуал Убежища... Три ритуала в одной книге. Я читаю её, запоминая наизусть, но не могу понять, о чём эти самые ритуалы. Ночью спрошу дядю Сашу. Есть у меня подозрение, что Высшие что-то совсем плохое замыслили, хотя хорошего делать они совсем не могут, как те, о которых рассказывал во сне дядя Саша, он называл их «фашисты».

Ритуал Выбора... Он связывает магию, душу и что-то

ещё, я не понял, что, одного Высшего с другим. Но, судя по тому, что я читаю, получается, что достаточно иметь магию, а Высшим быть необязательно. При этом что-то говорится о защите, но этого я тоже не понял. А вот ритуал Убежища простой — нужно только проговорить одну фразу, после чего наступят Испытания. Именно так, с большой буквы. Только, что они значат, неизвестно, вряд ли что-то хорошее, потому что написано о малых шансах.

Всё же, что задумали Высшие?

## Калира

Свет включается неожиданно. Сначала я не могу пошевелиться от сильной слабости, но потом оглядываюсь по сторонам. Я нахожусь дома, в своей кровати, жёсткой, потому что матрац — как камень. Часы показывают десять минут до подъёма, а я с трудом шевелюсь, как после очень сильного наказания. При этом я совсем ничего не помню. Даже, какой сегодня день.

Нужно найти силы и встать, если я опоздаю в школу, то сильно пожалею. Правда, скорей всего, жалеть я буду недолго, потому что, наверное, умру. Если меня так сильно наказали, что я даже ничего не помню, то почему я не умерла? Мне уже и не верится, что однажды я доживу до Академии, только кажется, что рано или поздно всё-таки умру, и всё.

Наверное, богов я не интересую, раз они позволяют, чтобы со мной так обращались. Меня охватывает страх. Я просто всего боюсь, меня пугает абсолютно что угодно. Не знаю, почему, но мои руки и ноги дрожат, внутри холодно и очень страшно. А ещё есть ощущение, как будто что-то поселилось в груди, как бумажный кулёк[2]. Думать о том, что со мной происходит, я не могу, для меня сегодня страшные все.

Странно, но мама ко мне не подходит, только смотрит с ненавистью, но держится на расстоянии, как будто я её пугаю, или же настолько отвратительна, что даже ударить противно. Наверное... Так даже лучше, не будет больно. Интересно, в школе всем тоже будет противно меня бить? Чувствую робкий росток надежды внутри, он — как цветочек, пробивающийся из-под снега. Я такой видела однажды, когда меня побили старшие девочки, и я лежала в снегу, пытаясь остановить кровь, текущую из носа и разбитых губ.

Быстро проглотив свой кусочек хлеба — всё, что у меня есть до ужина, я, удивившись отсутствию даже ощупывания, выскакиваю из дома. На улице сухо. Этого не может быть, но очень сухо, как будто прошла целая неделя или даже больше. Разве такое возможно? Где же я была всё это время?

С новой силой накатывает страх, перед глазами всё плывёт, поэтому я присаживаюсь на корточки, чтобы перевести дух. Мимо проходят равнодушные люди, им достаточно только взгляда на мои уши, чтобы с брезгливостью отвернуться. Но я же не виновата в том, что родилась такой! Хочется плакать, но нельзя, если заплакать на улице — побьют обязательно, и я опоздаю в школу.

С трудом поднимаюсь на ноги, улица немного качается перед глазами. Идти очень тяжело, но я упорно иду вперёд, нельзя мне опаздывать. Вот уже скоро и школа. Радостные дети всех возрастов идут к кирпичному зданию, означающему для меня боль и унижение. Школа, в которой я — самое ненавистное существо абсолютно для всех. Надо пережить ещё один день...

Вот и улыбающийся куратор, он смотрит на меня с брезгливостью, но я уже привыкла. Тихо поздоровавшись и дождавшись кивка, прохожу в просторный холл. Сегодня другие ведут себя странно — нет ни оскорблений, ни попыток ударить — они все держатся от меня на расстоянии, как будто я очень грязная... Но это же не так? Я машинально осматриваю платье — вдруг не заметила, как испачкалась. Что произошло?

От страха становится трудно дышать, но я упорно дохожу до своего класса, чтобы устало плюхнуться на стул, даже не проверив его. Хоть что-то не меняется никогда — на стуле оказывается ядовитая колючка. Сильной болью прошивает всё тело, перед глазами на мгновение темнеет и отнимаются ноги. Я даже не могу подняться, чтобы выкинуть эту колючку, поэтому её слабый яд продолжает выделяться в место укола, обещая мне долгую жгучую боль. В голове неожиданно проясняется и страх отступает. Мне что, нужна боль, чтобы не бояться? Как странно...

На уроках меня не спрашивают, а я стараюсь не выходить из класса без нужды. Моё терпение оказывается вознаграждено: напрягая слух, я слышу разговор двух учениц, сидящих недалеко от меня. Одна из них интересуется, почему меня оставили в покое, а вторая объясняет...

— Она декаду назад до школы не дошла, мы думали, сдохла, — произносит ученица. — Но тут вдруг с неба опускается шар, в котором боги передвигаются...

— И что случилось? — с любопытством спрашивает её собеседница.

— Всех учителей и директора раздели и наказали перед всей школой за это отродье, — отвечает ученица. — Они так визжали, что пробовать это на себе никто не хочет.

— Жалко... — вздыхает собеседница. — Она так здорово унижалась и лизала сапоги...

— Вступились за своё отродье проклятые боги... — с ненавистью в голосе говорит первая девочка, а я просто не могу поверить.

С неба сошёл бог, чтобы защитить меня и наказать моих обидчиков?! Значит, он мог и маму наказать? Поэтому она так смотрит! Она меня боится! Наконец-то за меня отомстили! Радость смывает страх, а понимание, что учителя отомстят за своё унижение, придёт только потом. Сейчас я радуюсь. Да что там радуюсь... Как описать это чувство? Я ликую — меня впервые в жизни защитили!

Знать, что меня боятся, оказывается очень приятно почти до самого вечера, а потом наступает расплата. Меня вызывают к столу учителя и начинают опрашивать. Постепенно возвращается страх, затем меня просто охватывает паника — на половину вопросов я не знаю ответов. Просто впервые слышу эти вопросы. Паника становится всеобъемлющей.

— Калира, вы не знаете урока, — констатирует учитель, доставая тонкую, покрытую едва видимыми шипами палку — самое жестокое наказание в школе. — Вы знаете, что должны сделать.

Сопротивление бесполезно. Будет только хуже. Поэтому я непослушными пальцами начинаю расстёгивать платье, а класс с жадностью наблюдает за моим обнажением. Сегодня я сорву горло криком, и никто меня не защитит, потому что учитель в своём праве. Волна паники накрывает меня с головой — и дальше я ничего не помню.

Открываю глаза. Я лежу на полу в пустом классе, вокруг никого нет, а всё тело болит так, что хочется просто плакать. Кажется, я уснула, и меня наказали спящую, но я почему-то не проснулась. При попытке пошевелиться становится ещё больнее, но, судя по крови на полу, платье надевать нельзя — оно запачкается, а другого у меня нет. Идти домой так? Страшно. Что же делать, кто подскажет?

С огромным трудом поднимаюсь. Нет, сейчас я никуда не смогу пойти. Ноги почти не двигаются, руки дрожат так, что в глазах темне...

# ГЛАВА ТРЕТЬЯ

**Гри'ашн**

Я рассказываю прочитанное дяде Саше. Так как сумел запомнить наизусть, то так и рассказываю, как заучил. Он не прерывает меня, только что-то быстро записывает в лежащем перед ним «блокноте». Если бы не дядя Саша, я бы всех этих слов и не знал, но он мне рассказывает и показывает. Я не спешу, рассказывая, чтобы не упустить чего.

— То есть, получается, запрос к этой вашей магии... — задумчиво говорит он, когда я заканчиваю. — С целью создания ячейки общества, причем ваш возраст роли не играет. Интересно.

— Но для него нужен второй кто-нибудь, — сообщаю я.

— Вторая, насколько я понимаю, — хмыкает дядя Саша. — Вы же двуполые. Хорошо, с этим разобрались, запомнили и пока отложили. Что ты там подслушал?

— Двое Высших говорили об игре, — я цитирую то, что услышал, и мой... моё самое близкое существо становится серьёзным.

— Что это за жертвоприношение, выяснить можно? — спрашивает он.

— Живых сажают на штырь, — объясняю я. — Он сначала раскаляется, а потом становится ледяным, забирая магию и жизнь. Эта магия используется, а жизнь служит подпиткой ритуала. Судя по всему, мне остался год...

— Значит, у нас есть год, чтобы придумать, как тебя спасти, — дядя Саша о чём-то напряжённо думает. — Эх жаль, я не рядом, но будем учиться.

И вот теперь он начинает мне рассказывать о различных способах разрушения и убийства. Как из подручных материалов сделать бомбу, как прятаться, как убежать так, чтобы не нашли. Но я говорю, что нашёл ритуал Убежища, только не знаю, как он работает, потому что кроме одной строчки вызова, о нём ничего нет.

— Пойдёт на крайний случай, — кивает мне дядя Саша. — Что выяснил ещё?

— До определённого возраста, это примерно два моих, они не могут делать «соитие», не знаю, что это, —

произношу я в ответ. — А вот потом им надо побольше. Я подумал, а если они держат самок и смесков для этого?

— То есть невзирая на возраст... — задумчиво отвечает мне он. — Имеет право на жизнь.

И тут дядя Саша объясняет мне непонятное слово, поясняя, что у людей самки могут быть без смертельного риска с гораздо более раннего возраста, правда, это разрушит их психику, но мы оба понимаем, что Высшим наплевать на психику Низших. Мне от этих объяснений становится нехорошо, получается, что Высшие не просто пытают, а делают вот это, отчего самки потом становятся как мёртвые.

— Это отвратительно, — говорю я ему. — Просто невозможно, как отвратительно.

— Кто бы спорил, — вздыхает дядя Саша. — Так... Что у нас с историей осталось?

— Могильники... — отвечаю ему я. — Примерно раз в сто лет появляются упоминания о могильниках.

— Что это такое? — интересуется он.

— Места, где много-много мёртвых Низших, как эпидемия, — объясняю я ему. — Их сжигают специальным образом.

— То есть, возможно, раз в сто лет подавляется восстание, — дядя Саша смотрит в потолок, чему-то грустно улыбаясь. — Так, ты завтра разбираешься в доступных тебе химических элементах, а дальше начинаем эксперименты. Учитывая, что совсем не жалко только Высших, они и будут крысками.

Я уже знаю, что такое «крыски». Могу сказать, что меня этот план только радует, потому что мне как раз терять нечего. Если подумать, единственное родное мне существо я вижу в снах, а в реальности у меня ничего нет. Вот бы уйти к нему туда, где он, но, боюсь, это даже со всей магией невозможно. Может быть, когда я умру, то смогу переселиться в сны насовсем? Пусть дядя Саша не сможет быть со мной там постоянно, но я потерплю. Зато не будет боли и страха. Правда, страха во мне уже нет, дядя Саша говорит, это оттого, что у меня появилась хоть какая-то опора в жизни.

Правда, осознавать, что всего через год меня не станет... Нет, не страшно — неприятно. Но мы что-нибудь придумаем, обязательно. Дядя Саша говорит, что безвыходных положений не бывает. Возможно, он прав.

Утро ничем не отличается от других таких же. Я поднимаюсь со своей лежанки, чтобы отправиться привычным путём, но сначала надо сделать зарядку. Мне её показал дядя Саша, конечно же. Сначала разминка, потом упражнения на скорость, на силу. С каждым днём у меня получается всё лучше, но я не останавливаюсь, пока не начинаю купаться в собственном поту. После этого нужно «принять душ», как говорит дядя Саша, в моем случае — облиться из ведра. Хорошо, хоть воду в нём не нужно носить самому. Что-то изобретать, впрочем, очень неумно. Я разок попробовал, только потом узнал, что неделя прошла — так меня наказали.

После зарядки меня ждёт едальня, где можно разжиться кроме каши каким-нибудь корешком, или даже плодом куста. Он очень кислый, но полезный, так дядя Саша говорит, а он лучше знает. Есть, впрочем, надо быстро, и опять — работа по замку, вне замка, где опаснее всего, а потом — библиотека.

Но сегодня распорядок нарушен. Я вижу направляющегося ко мне Высшего, понимая, что сбежать не успею, поэтому приходится опускаться на колени и склонять голову в жесте смирения. Жаль, что я не успел убежать, да и завтрака жалко — после наказания он весь выплеснется наружу, я-то знаю. За что меня собрались подвергать боли, меня не интересует, как и Высшего. Им поводы не нужны.

— Отброс! — обращается он ко мне. — Отныне и до Академии ты освобождён от работы.

Не верю. Добрым Высший быть не может. И действительно, передо мной на каменные плиты падает тело. Едва одетая девочка, сильно похожая на Высших, но учитывая обращение... Не знаю. Тело её в крови, она вроде бы дышит, но такими темпами, вряд ли ей много остаётся.

— Ты будешь заботиться и ухаживать за смеском, — с брезгливостью говорит Высший, добавляя затем: — Я запрещаю тебе рассказывать ей об отбросах и смесках. Пусть думает, что все равны, сколько ей ещё осталось...

Рассмеявшись своим каркающим хриплым голосом, Высший уходит было, но останавливается. Он ещё раз смотрит на меня, и в глазах его такое мрачное обещание, что мне становится холодно. Дрожью буквально прорезает всё тело снизу доверху, даже мочевой пузырь откликается. Смерть может быть очень разной, я это уже знаю...

— С сегодняшнего дня ваша едальня на втором уровне, — произносит он, лишь затем разворачивается и уходит.

Второй уровень — для Высших, но низкородных, там я ни разу не был. Я стою на коленях, пока он не уходит, затем лишь наклоняюсь к незнакомой девочке. Учитывая, что о «покоях» никто ничего не сказал, надо будет ютиться в моей комнате. Ничего, переживём, девочка же...

С большим трудом поднимаю её на руки, осознавая, что если бы не зарядка — вряд ли бы я смог поднять девочку, несмотря даже на то, что она очень худая. Почему смеска принесли в замок, а не дождались времени Академии, я себе представить могу, учитывая её состояние. Это с одной стороны, а вот с другой, учитывая отношение к смескам... Умерла бы и умерла, им-то что? Только, похоже, у Высших какой-то особенный интерес к этой девочке. Интересно, какой?

## Калира

С трудом открыв глаза, обнаруживаю, что я совсем не в классе, а в совершенно другом месте. Комната, в которой я лежу, небольшая. В ней всё небольшое — и кровать, и окно, демонстрирующее небо, и сидящий рядом со мной бог. У него длинные уши, значит, он бог или же... такой, как я. Тогда эта комната может быть тюрьмой для таких, как мы, чтобы нас было удобно мучить.

— Привет, — говорит мне похожий на бога мальчик. — Меня зовут Гри'ашн, и тебя поручили моим заботам.

— Привет... — я с трудом выталкиваю из себя слова. Всё тело нестерпимо болит, но я помню, что бывает за слёзы, поэтому держусь. — Я — Калира... А мы в тюрьме?

— Пока ещё нет, — вздыхает Гри'ашн. Он протягивает руку, чтобы легко прикоснуться ко мне. — Мы в замке Высших.

— Боги забрали меня к себе? — в это даже поверить страшно. Сначала защитили, а потом забрали. Это же...

— Они не боги, — он проводит рукой по моим волосам, и от этого становится как-то тепло внутри. Не знаю, как называется то, что он делает. — Они просто Высшие.

— Но мы в городе? — интересуюсь я, боясь поверить в то, что больше не будет ненависти.

— Мы в замке Алькаллар, — отвечает он мне. — Здесь мы проведём время до Академии, а я сейчас буду раздевать и мыть тебя, потому что сама ты не сможешь. Тебя так безухие отделали?

— В школе, — киваю я. — Завалили непонятными вопросами и наказали за недостаточное прилежание. Мне страшно, — признаюсь ему.

— Здесь тебе ничего не угрожает, — Гри'ашн будто бы проглатывает слово «пока», но я отлично понимаю его.

Раздеванию я не противлюсь. На мне и так очень мало одежды, а голой меня вся школа уже видела не раз, так что пусть смотрит, если ему это не противно. Но для Гри'ашна я не противна, в его глазах странное выражение, мне совершенно непонятное, но это не ненависть и не брезгливость.

Он сам раздевается, наверное, чтобы не испачкать одежду, и я застываю. Всё его тело в шрамах, буквально нет ни одного живого места. Тонкие длинные, уродливые толстые шрамы не затрагивают только то, что висит ниже живота, и лицо, а всё стальное... Хочется всхлипнуть, но я давлю в себе эмоции и спрашиваю:

— Это люди... ну, безухие тебя так? — мне действительно интересно, как он вообще выжил.

— Я с рождения живу в замке, — его ответ полностью разрушает мой мир.

Только что я радовалась тому, что меня забрали к себе боги, чтобы научить магии и дать возможность отомстить, и вот перед моими глазами остроухое существо, которое явно мучили намного, намного больше, чем меня. И раз он с рождения живёт в замке, значит, его мучили здесь. А это означает, что и меня будут.

Страх накрывает меня волной, в глазах темнеет, я будто бы засыпаю, чтобы сразу же проснуться от холодной воды, которой он меня поливает. Гри'ашн будто знает, что я чувствую, поэтому бережно придерживает меня. Я чувствую его очень мягкие прикосновения. Но со мной так никто и никогда не обращался!

— А что ты со мной делал, когда прикасался к волосам? — спрашиваю его, стараясь не обращать внимания на жгучий холод ледяной воды.

— Я тебя гладил, — объясняет мне Гри'ашн. — Тебе не понравилось?

— Очень понравилось, — признаюсь я. — Просто у меня это впервые.

— Звери какие... — непонятно говорит мальчик, продолжая смывать с меня кровь. Она уже не течёт, просто коркой схватилась на теле.

Мне совсем не стыдно оттого, что он видит меня всю. Стыда у меня никогда не было, потому что я часто была... без одежды. Дома — чтобы не пачкала, в школе — когда наказывали, поэтому мне и не стыдно. Я разглядываю его, понимая, что мне предстоит то же самое. Видимо, для богов я тоже... Или, может быть, мы чем-то отличаемся от... как он сказал, Высших? И теперь меня будут мучить только, чтобы насладиться моими криками, а потом сделают Избранной, но не для одного, а для всех сразу. От этой мысли хочется выть, но я помню — нельзя издавать громкие звуки. Не знаю, как здесь, но вряд ли иначе.

Вспоминая, как я мечтала попасть к богам, называю себя нехорошими словами, за которые я буду лежать без памяти. Получается, что здесь не лучше, чем среди людей, а как бы не хуже. Мои руки и ноги начинают дрожать, на что Гри'ашн прижимает меня к себе, как будто желая успокоить, защитить... Я видела, так делали родители с другими детьми, но откуда он-то такое знает? Боги же не снисходят до наших школ!

А может быть, я неправильно поняла? Ну, например, Гри'ашн — мой слуга, а я вся такая великая, скоро придут меня забрать, чтобы учить магии? Не верится. Просто не могу в такое поверить. Да и Гри'ашн со мной обращается как-то очень мягко, без злости, а если бы я была госпожой, то совсем иначе было бы, наверное. Страшно. Мне просто очень страшно. Я совсем не верю в доброту... А вдруг Гри'ашн, когда я усну, начнёт бить или что-то ещё более страшное делать?

От страха холодеет внутри и... кажется, я опять уснула. Открываю глаза, и оказывается, что я лежу у него на руках. Так хочется ему поверить, ну, что он не сделает мне ничего страшного...

— Не надо бояться, — Гри'ашн опять делает это. Ну, «гладит».

От его прикосновений куда-то уходит страх, как будто

ладонь этого мальчика прогоняет мой ужас, даря слабую надежду на то, что всё будет хорошо. Но разве у меня может быть что-то хорошо? Так хочется верить...

Я расслабляюсь в его руках. Он меня немного покачивает, отчего глаза закрываются сами собой, как будто я засыпаю. А ещё он что-то напевает, и от этого становится как-то очень спокойно. Мне никогда так ещё не было! Никогда-никогда! Может быть, это магия специальная, чтобы я расслабилась, а потом... Не хочу в это верить! Не хочу! Ой... я плачу...

Я зажмуриваюсь и сжимаюсь вся, желая стать маленькой-маленькой, такой, чтобы меня не могли увидеть, но Гри'ашн не бьёт. Он прижимает меня, закрывая собой, я чувствую прикосновение его тела. А вдруг у богов боль — это обычное воспитание? Ну, всех так замучивают, а кто выживает, становится богом? Может ли так быть?

# ГЛАВА ЧЕТВЁРТАЯ

## Гри′ашн

Сегодняшний сон — необыкновенный. Дядя Саша встречает меня не в маленькой комнатке, а в большой и светлой. Это называется «кабинет». Некоторое время я рассматриваю помещение. Через окна виден большой город с высокими башнями, между которыми что-то летает. Потом спрошу, что это. Сам кабинет со светло-зёлеными стенами, большим столом и множеством стульев. На столе стоит зелёный гриб, но большой, он дает свет и называется «лампа». Дядя Саша недавно получил «большую звёздочку», так он сказал, но что это такое, я не понимаю.

Рассказав ему о Калире, я жду вердикта того, кого

давно про себя называю А'фтом, а дядя Саша о чём-то напряжённо думает.

— Значит, говоришь, запуганная? — переспрашивает он, на что я киваю.

— Очень, дядя Саша, — подтверждаю я. — Говорить боится, дважды в обморок упала, плачет очень тихо... Тело у неё, как у меня.

— Значит, бьют... Но просто так такой жестокости не бывает, — задумчиво произносит дядя Саша. — Значит, есть цель. Какая может быть цель?

— Сломать, чтобы делала то, что сказали, и не думала? — отвечаю я вопросом.

— Да, похоже, — кивает он. — То же самое делали и с тобой, помнишь?

— Помню... — вздыхаю я. Как такое забудешь?

Дядя Саша подходит к книжному шкафу и достаёт оттуда какую-то книгу. Книги у него все очень дорогие, аккуратные, написанные одинаковыми буквами. Даже представить сложно, сколько труда вложено в каждую. Он протягивает её мне, благо читать я уже тоже умею.

— Посмотри, — говорит он мне, на что я киваю.

Открыв книгу, начинаю читать, зная, что в таких случаях время длится долго, и спешить никуда не надо, но буквально на второй странице натыкаюсь на описание техники запугивания и подчинения на её основе. Написано так, как будто это «инструкция».

Вспоминаю, как дядя Саша учил меня читать. Вот он

тогда намучился, я же всего боялся, чуть что — сжимался в комок. Теперь-то я уже другой, изменил меня дядя Саша за столько-то оборотов... Да.

— В точности, — говорю ему, отдавая книгу.

— Попробуй её отогреть и поддержать, — произносит он. — Вас когда в Академию вашу?

— Через два тур... месяца, — перевожу я на понятные ему единицы.

— Готовься и отогревай её, — советует он мне на прощание.

На этом сон прерывается, я открываю глаза и слышу сдавленный писк на кровати. Сам-то я на полу улёгся, чтобы Калире не мешать, но сейчас резко поднимаюсь, чтобы обнять и успокоить испугавшуюся во сне девочку. Оно и понятно — кошмары у неё, дядя Саша говорил, что такое возможно, поэтому я и не удивляюсь, а просто осторожно бужу девочку. Нам уже всё равно надо вставать.

Оглянувшись, обнаруживаю одежду. Не свою и не её, а новую традиционную одежду Высших. Это очень странно, но вполне укладывается в прочитанное — нами играют. Получастся, что всё происходящее — это игра Высших. Когда же они перестанут играть, в лучшем случае всё вернётся к прежнему, а в худшем — будет жертвоприношение. Но вот второй случай означает относительную свободу целый год, а вот это уже можно использовать.

Занялся зарядкой, как всегда, а Калира смотрит на

меня большими круглыми глазами. Начав с разминки, как показывал дядя Саша, перехожу к упражнениям на скорость, потом на силу. Однажды я смогу пробить кулаком стену.

— Мне тоже надо это делать? — тихо спрашивает меня девочка.

— Что ты, нет, — улыбаюсь я ей. — Высшие таким не занимаются, меня просто... научили.

— Мне нужно одеться, — сообщает мне Калира, а я протягиваю ей традиционное женское одеяние.

— Нам принесли одежду Высших, — объясняю я ей. — Это платье специальное.

— А... а бельё? — спрашивает она меня.

Этого слова я не знаю, поэтому молчу некоторое время, но потом всё же спрашиваю, что она имеет в виду. Оказывается, безухие под одеяние надевают что-то, пытаясь прикрыть место наказания. Значит, это защищает, то есть бьют их несильно и одетыми. Понятно, почему Калира так реагирует на всё — её-то до крови избили.

— У нас такого нет, — объясняю я. — Ты просто надеваешь платье, чтобы Высшему было удобно его задрать, когда он хочет тебя наказать или... — опять забываю то самое слово, которое я у дяди Саши спрашивал.

Девочка сильно бледнеет и падает в обморок. По

крайней мере, очень похоже, так в книге дяди Саши написано было. Ну я и действую, как в книге написано было. Метод действенный, что я фиксирую, когда Калира открывает глаза. Опять чего-то испугалась — вся дрожит.

— Нам нужно спешить, — объясняю я ей. — Опоздаем — еды не будет до вечера.

— Ой... — тихо произносит она и быстро натягивает на себя платье, сразу же приобретающее слегка розовый цвет.

Это означает, что, во-первых, Высшие не поскупились, и платье настоящее, а во-вторых, оно залечивает раны. Это очень хорошо — Калира хотя бы сможет ходить, в чём ранее я был совсем не уверен. Теперь нам нужно попасть на второй уровень Центральной башни. Буду надеяться на то, что Высшие не убьют нас по дороге.

Почти тащу Калиру за собой, привычно проходя вдоль стен, чтобы не привлекать внимания. Девочка следует за мной, повторяя всё то, что делаю я, и молчит. Спасибо тебе, Калира, за молчание. Здесь надо быть очень осторожными, потому что одежда ещё ничего не значит.

До самого подъёмника нам никто не встречается — это очень необычно. Если и в подъёмнике никого не будет, значит, игра совсем уже серьёзная. Надо будет с дядей Сашей обсудить, что это может значить и чего мне ждать. Страшно немного, а Калиру вообще трясёт. Ещё есть ощущение чужого взгляда, что может значить — за нами следят. Зачем?

Заходим в подъёмник. Это плоский полукруг внутри башни, поднимающий туда, куда нужно, потому что лестниц в башне Высших нет. Они магией пользуются, а нам пока нельзя. Хотя можно, конечно, но лучше не надо. Диск возносит нас на второй уровень, мы молчаливы и тихи, но едальня Высших пуста — там нет совершенно никого, чего быть не может.

Нужно будет проверить еду, хотя бы на запах, потому что просто страшно. Магией бы научиться проверять, но кто знает, как эта магия включается? Я усаживаю Калиру за стол, сажусь сам, хоть и страшно поворачиваться спиной ко входу. Перед нами возникают тарелки и столовые приборы.

Через минуту я понимаю, что происходит — нас учат правильно есть. Если схватиться не за ту вилку или ложку, всё тело пронизывает боль. Она настолько сильная, что темнеет в глазах, поэтому я останавливаю Калиру, показывая жестом, что нужно повторять за мной, но самой не пытаться. Она меня, разумеется, ослушивается, когда меня буквально прорезает очередной болью. Вскрикнув, девочка теряет сознание, упав со стула.

## Калира

Мне никогда не стать богом, я просто этого не выдержу.

Кажется, я привязываюсь к мальчику. Он такой ласковый, кажется, даже добрый, совсем меня не стесняется и ухаживает. Мне кажется, я становлюсь маленькой-маленькой, когда он так ласково со мной обращается, ведь до сих пор ласку я видела только в школе по отношению к другим детям.

Даже если он это делает, чтобы я расслабилась, пусть. У меня больше нет сил бояться, а если он меня... он со мной... если он сделает страшное, то пусть лучше я умру. Я устала. Голова кружится, но я послушно иду за ним. Гри'ашн идёт очень осторожно, как будто прячется, но это же необычно, если только он не боится. Может же он бояться?

Он заводит меня в колодец и обнимает. Сейчас он будет делать страшное? Почему-то в это не верится. Чувствую, как что-то нас поднимает. Понимание приходит неожиданно — он обнял меня, чтобы я не пугалась! Может ли такое быть? И опять погладил. Но почему Гри'ашн это делает? Ведь я ему никто! Впрочем, я никто даже своей маме...

Столовая выглядит очень празднично, но я вижу, что и Гри'ашн здесь впервые — он двигается неуверенно. Значит, до моего появления он ел в другом месте. Надо будет спросить. На столе десяток столовых приборов, которые я не узнаю. Как правильно ими пользоваться? Что будет, если неправильно? И тут я получаю ответ на свой вопрос.

Остановив меня жестом, мальчик берётся за какую-то вилочку. В следующее мгновение его будто встряхивает, а я вижу глаза Гри'ашна, полные боли. Опять испытания? Ещё несколько раз его так встряхивает, и мне становится страшно. Ему же больно, я вижу, а он не то что не кричит, но даже и звука не проронил! Неужели это можно терпеть? Желая проверить, я берусь за ложку и... больше ничего не помню.

Открываю глаза, обнаружив себя на полу. Гри'ашн очень осторожно пытается привести меня в чувство, с тревогой оглядываясь. Наверное, он не зря так, значит, нужно встать, но я не могу. Руки и ноги очень слабые и не слушаются. Этот факт меня пугает ещё сильнее, я начинаю дрожать, но Гри'ашн с трудом берёт меня на руки, усаживая на необычного вида стул. Тут я только понимаю, что стулья тут какие-то витые и сидеть на них не очень удобно, расслабиться невозможно.

В следующее мгновение происходит что-то совсем невероятное — Гри'ашн зачерпывает непонятное варево, пробует его и протягивает ложку ко мне, будто желая меня покормить. Мои руки висят вдоль тела, я не могу сама их даже поднять. Наверное, поэтому он так? Я не думаю, что Гри'ашн хочет меня отравить, но зачем он так делает? Не понимаю. Я аккуратно слизываю чуть тёрпкую нежную массу с незнакомым вкусом и... Тут Гри'ашн будто бьётся в конвульсиях и падает лицом в тарелку, лёжа без движения. Нас отравили? Он умер? Значит, сейчас умру и я?

Я зажмуриваюсь, дрожа от ужаса, но ничего не происходит, а Гри'ашн через некоторое время поднимает лицо, часто дыша, как маленький зверёк. В его глазах — отражение такого же страха, как и у меня. Если он жив, что это было?

— Н-наказали... — чуть заикнувшись, тихо объясняет он. — Н-нельзя т-так д-делать... — наверное, моё лицо очень уж красноречиво.

— Ты не умрёшь? — очень тихо спрашиваю я.

— Б-бывало и ху-хуже, — говорит он, отчётливо заикаясь.

Тут я понимаю: я обречена. Мне никогда не стать богом, да и вряд ли это — обычное обучение. Я осознаю: отныне в моей жизни будет только боль, страшная боль, и ничего другого. Как же я хочу умереть!

С трудом найдя в себе силы, я, глядя на пожертвовавшего собой ради меня мальчика, начинаю медленно есть. Варево уже не кажется нежным. Оно, будто песок, с трудом протискивается в глотку, а мне опять страшно, отчего попадать в рот ложкой сложно. Я промахиваюсь, попадая то в нос, а то и в глаз. В груди горячо, как будто меня на плиту посадили, было так один раз в детстве. Почему я тогда не умерла?

Закончив, с грехом пополам с едой, я поднимаюсь из-за стола. Стою я, правда, так себе, комната явственно качается, но Гри'ашн поддерживает меня.

— Пойдём, погуляем, — предлагает он мне.

Я вскидываю на него глаза — ведь я даже стою с трудом, какое уж тут «гулять»? Но, видимо, Гри'ашн знает, что говорит, а мне... мне уже всё равно. Боль здесь намного более страшная, чем была, поэтому мне остаётся только покориться. Поэтому я киваю ему, пытаясь сделать шаг.

Почти повиснув на Гри'ашне, я добираюсь до той штуки, что поднимала нас, теперь она опускается. Он буквально на себе вытаскивает меня на улицу, при этом перед моими глазами какое-то марево, отчего я ничего не воспринимаю. Думая, что мы останемся вблизи входа, удивляюсь, когда Гри'ашн утаскивает меня куда-то в сторону, чтобы усадить на низкой скамейке у какой-то воды. Наверное, это озеро.

— Подыши, — предлагает он мне. — Считаешь про себя до трёх — это вдох, потом опять так же — выдох. Давай вместе.

Нскоторое время мы старательно дышим. Перед глазами немного проясняется, я вижу вокруг лес, а прямо перед нами — небольшое озеро. Поблизости никого нет, отчего Гри'ашн, внимательно осмотревшись, облегчённо вздыхает.

— Скажи, — решаюсь я спросить, — а такое воспитание болью — нормально? Тот, кто может её испытать и выжить, становится богом?

— Они не боги, — Гри'ашн понимает, что я хотела сказать. — Просто Высшие, в отличие от нас. Мне нельзя говорить о нашем с тобой статусе, — поясняет он.

— Значит... — я задумываюсь, пытаясь понять, что это значит, но Гри'ашн снова разрушает мой мир одной лишь фразой.

— Это игра, — говорит он, и всё становится на свои места. — Игра Высших.

Это игра. Мной играют, и Гри'ашном, наверное, тоже. От осознания этого я задыхаюсь, потому что происходящее значит только то, что впереди много боли. Раз мне не положено нижнее бельё, и Гри'ашн даже не знает, что это такое, то впереди много боли, и наступить она может в любой момент, иначе зачем бы?

— Ты со мной будешь делать страшное? — кажется, мой голос звучит жалобно.

— Я никогда не причиню тебе вреда, — он будто клянётся. — Никогда!

— Я тебе верю, — отвечаю я. А что мне ещё остаётся?

Я не глупая — дура бы не смогла выжить в моей семье

и моей школе. Логические выводы делать я умею. Гри'ашн, наверное, такой же, как я. Учитывая его шрамы и то, как он переносит боль, мне предстоит очень многое, от чего я, наверное, сойду с ума. Или умру раньше. В любом случае у меня нет выбора, здесь моя жизнь абсолютно точно закончится. Наконец-то.

# ГЛАВА ПЯТАЯ

**Гри'ашн**

— Как ты думаешь, — спрашиваю я дядю Сашу, — если я ей предложу Выбор, она согласится?

— Смотря, как предложишь, — улыбается мне мой самый близкий... человек, они так называются — «человеки». — Так понравилась?

— Она уже готова умереть, — объясняю я. — Не хочу, чтобы она умирала, а так я смогу забрать себе хоть часть боли во время наказания.

— Самопожертвование... — произносит дядя Саша незнакомое слово. — Тоже вариант. Попробуй. Судя по тому, что ты мне рассказываешь, вам надо бежать, вот только куда?

— Не знаю, — вздыхаю я. — Тут бежать некуда, везде найдут, разве что ритуал поможет...

— Выбора или... — начинает он, но я уже вижу, что дядя Саша понял, потому киваю.

— Он простой, только там какие-то Испытания, — объясняю я. — Не знаю, что это такое.

— Проверь, что тебе доступно стало теперь, — советует мне он. — Может быть, лаборатория? Тогда ты можешь сделать подарки.

— У неё стали чаще обмороки... — вспоминаю я. — Это что-то значит?

— Может значить, — кивает дядя Саша. — Я тут с нашими медиками советовался, говорят, может означать развитие сердечной недостаточности, ты вот что...

Он объясняет мне, как обнаружить эту странную недостаточность и что делать, если это всё-таки она. Хотя и дядя Саша, и я понимаем: Калира, скорей всего, оставшееся до Академии время не проживёт, а сама Академия — это темница без шанса на побег. Значит, надо что-то придумать за оставшееся время.

— Ваша магия тебе совсем недоступна? — интересуется у меня дядя Саша, на что я просто качаю головой.

— Если поймают, я могу не пережить, помнишь, ты про шок говорил? — отвечаю ему, припоминая сам.

Это было три или четыре больших оборота назад, меня даже не наказали, а избили Низшие, сломав какие-то кости, отчего я почти умер. Тогда я и увидел, как проходит Жертвоприношение. Точно зная, что меня ждёт, я понимаю, что для меня будет лучше умереть до этого момента. Так вот, если поймают за занятием магией без разрешения — Жертвоприношение будет немедленно. Высшие очень не любят именно такие нарушения. Сдаётся мне, что и всё это море боли, в которое меня погружают — тоже неспроста.

— Хорошо, — кивает дядя Саша. — Пробуй свой Выбор.

На этом сон заканчивается. Я открываю глаза и обнаруживаю, что сплю рядом с Калирой — на одной кровати, хотя и не понимаю, как так вышло. Попытавшись подняться, внезапно обнаруживаю, что сделать этого не могу — девочка вцепилась в меня и не отпускает. Как же расцепиться, чтобы её не побеспокоить?

— Ой... — слышу я. Проснулась всё-таки, надеюсь, истерики не будет. — Прости...

— За что? — я удивляюсь так, что чуть не падаю с кровати.

— Я тебя заставила, — тихо говорит Калира. Она очень красивая со сна, я только сейчас это вижу. Когда в глазах нет ещё этого ужаса, какая же она красивая...

— Ты меня не заставила, — улыбаюсь ей, как могу ласково. Меня дядя Саша научил!

— Ты не сердишься? — девочка будто бы не может поверить. Что же за звери её растили? Хуже Высших.

— Нет, конечно, — глажу её по голове, а Калира

наслаждается этим. Решила меня не бояться?

Время для зарядки, а потом начнутся испытания — завтрак, прогулка и библиотека. Вчера нас похвалили за библиотеку, судя по тому, что вечером не было боли. Это хорошая новость. Если Высшие думают, что нахождение в библиотеке правильно, то нужно этим воспользоваться. Сегодня у нас важный день — многое надо успеть.

Я занимаюсь утренними упражнениями, сегодня у меня получается особенно хорошо, отчего настроение становится лучше. Может быть, хотя бы её не будут сегодня мучить. Надежда, конечно, так себе, но хоть на что-то надеяться нужно, так дядя Саша говорит.

— Пойдём? — предлагаю ей после обливания.

Калира в момент переворачивания ведра неожиданно оказывается рядом, поэтому тоже попадает под «душ». Странно, она даже не вздрагивает. Значит, как и я, привыкла к холодной воде. Помню, как я был удивлён, когда дядя Саша сказал, что у них в душе есть тёплая вода. Впрочем, повспоминать можно потом, сейчас у нас завтрак.

Мы идём знакомым маршрутом, я вижу, что девочка чувствует себя увереннее. С одной стороны — это хорошо, а с другой — как бы она Высших не спровоцировала. Они не любят, когда кто-то не боится их, я это точно знаю. Поэтому пытаюсь проскочить побыстрее, но не преуспеваю.

— Маленькая тварь! — слышу я шипящий голос

самки Высших.

Платье на Калире немедленно взлетает вверх, полностью её обнажая, и в этот момент я решаюсь на полное безрассудство — определив, где находится Высшая, я прыгаю, чтобы закрыть от неё Калиру.

Ощущения такие, как будто меня проткнули раскалённым шипом насквозь. Боль почти гасит сознание, я, кажется, кричу, но тут боль становится ещё сильнее, и я... ничего не помню. Открываю глаза, ощущая подёргивание всего тела. Меня обнимает Калира, она что-то шепчет и смотрит с таким ужасом, что я чувствую необходимость её обнять. Судя по моим ощущениям, штаны придётся стирать.

— Всё хорошо... — говорю я сиплым голосом.

Значит, действительно кричал, раз горло сорвано. Лежать мне мокро, что говорит мне очень о многом. Скорей всего, крови натекло, потому что болевой импульс был той интенсивности, когда лопается кожа. Но я жив почему-то.

— Не умирай... не умирай... не умирай... — как заведённая шепчет Калира.

— Я... не... умру... — проталкиваю я слова сквозь ставшие непослушными губы. — Надо встать...

— Я помогу! — девочка пытается меня поднять, но я слишком для неё тяжёлый.

С трудом собравшись, встаю на четвереньки. Крови оказывается совсем немного, значит, Высшая передумала, а Калира продолжает на меня как-то очень странно смотреть. Не понимаю её взгляда.

— Я не дойду, — сообщаю ей. — Пойди, покушай...

— Без тебя не пойду, — отвечает она мне, но тут рядом появляется ха'арш, он щёлкает пальцами, и мы вдвоём снова оказываемся в моей комнате. Теперь-то это уже наша комната, конечно. Я просто опускаюсь на пол, не в силах пошевелиться, а Калира... Кажется, она плачет.

На столе обнаруживается простая еда — хлеб и мясо. Ещё, кажется, два или три кислых корешка, значит, о нас позаботились. Но кто? Высшие или ха'арш? Получается, только ха'арш, потому что Высшие бы поставили или кашу в мисках, или свои блюда, которые ещё пойди угадай, как есть.

Надо найти в себе силы встать. По крайней мере, пока одежда не присохла к ранам, надо встать. Одно я понимаю очень хорошо: такое наказание Калиру бы совершенно точно убило. Если это противоречит планам Высших, то их самке остаётся только посочувствовать, но я не буду — она чуть меня не убила, тварь ушастая. Почему она на нас напала, как раз понятно — власть свою хотела показать. Будь они все прокляты!

## Калира

Сегодня меня хотели убить. Очень страшно убить, я видела, потому что меня собой закрыл Гри'ашн. Когда моё платье взлетело вверх, я испугалась так, что даже двинуться не могла, а он просто встал передо мной, закрывая от чего-то очень страшного. Я видела, как брызнула кровь, и он упал.

Гри'ашн спас мне жизнь. Я же ему никто, а он заботится и вот... Он же почти умер, но всё равно пытается заботиться. Едва шевелится, но думает о моём голоде. Разве так бывает? Впервые в жизни кто-то принял на себя предназначавшееся мне. И я... я не могу его оставить. Гри'ашн меня поражает просто своим поведением. Он не такой, как все, а какой-то особенный. Очень особенный, как будто сказочный. Я как-то читала сказки в библиотеке, и там был такой — защищавший.

Я теперь понимаю, что согласна и на страшное, если это будет Гри'ашн. Но он обещал, что никогда не сделает мне плохого, и я ему верю. Тот, кто жертвует собой ради меня, не предаст. Я это точно теперь знаю, как и то, что такое наказание нормой не является, меня действительно хотели убить. Значит, он сказал правду: мы — игрушки. Нас могут сломать или выбросить, прав никаких у нас нет, незачем и обманываться.

— Калира... — хрипит сорванным горлом Гри'ашн. Как он кричал! Так отчаянно, мне даже кажется, что его крик до сих пор звенит в моих ушах.

— Что случилось? — я не смогла поднять его, чтобы уложить на кровать, поэтому сажусь рядом на пол.

— Пить... — тихо просит он, и я пою его из глиняной

кружки, которую нашла на столе.

Очень осторожно поднимаю его голову, помогая напиться. Сейчас я осознаю, что доверяю ему, ведь он закрыл меня собой от очень страшной смерти. Даже не представляла раньше, что такое возможно. Гри'ашн пытается шевелиться, он что-то хочет сделать.

— Что ты делаешь? — спрашиваю его.

— Нужно одежду снять... — шепчет Гри'ашн. — Чтобы не присохла.

В его словах я слышу опыт, поэтому, кивнув, расстёгиваю рубашку, а потом стаскиваю штаны. Наверное, нужно смутиться оттого, что я раздеваю мальчика, но я не умею. Гри'ашн сейчас такой беззащитный, такой... Я не знаю, как правильно назвать это. Он протягивает ко мне сильно дрожащую руку, я подаюсь вперёд, чтобы ему было удобно, что бы он ни хотел сделать, пусть даже ударить... А он пытается меня погладить! Удивительно, но даже в эту минуту Гри'ашн хочет меня поддержать и успокоить...

Бесшумно появляется маленький человечек, одетый в чёрные кожаные штаны и такую же безрукавку. Он что-то делает, отчего мальчик взмывает в воздух и покрывается какой-то белой пеной. Впрочем, довольно быстро она становится красной и исчезает, оставив на месте ран только уродливые рваные шрамы. Гри'ашн падает на пол.

— Наверное, Высшие приказали ха'аршу меня подлечить, — хриплым голосом говорит он.

— Рано сломалась игрушка, — всхлипываю я, поняв, что он хочет сказать.

— Давай поедим, — предлагает он, с трудом поднимаясь на ноги.

— Давай, — с готовностью соглашаюсь я, решив быть послушной.

Странно, но больше никто не появляется, давая нам возможность спокойно поесть. Гри'ашн показывает мне на корешки, кислые настолько, что глаза на лоб лезут, но он говорит — их надо есть, потому что полезно, а то сил не будет. Тут я понимаю, что без него прожила бы здесь не больше суток. Не убили бы наказанием, убили бы, когда силы бы кончились. Значит, он действительно не причинит мне зла, и у меня есть... Близкий?

— Калира... — говорить Гри'ашну тяжело, я же вижу, но он точно что-то важное хочет сказать. — Есть такой ритуал — Выбора. Он связывает наши души и магию.

— А ещё что он делает? — спрашиваю, хотя я на всё согласна уже.

— Ну, тогда я точно не смогу причинить тебе вреда, — объясняет он. — Потому что почувствую всё то же самое на себе.

— Ой... — я поняла, что он хочет сказать. — Но тогда, если меня накажут, то ты...

— Зато тебе будет меньше больно, — объясняет он, и я... я плачу!

Я никогда-никогда не встречала таких существ! Мне

всё равно, кто он — такой же, как я, или же какой-то другой, но я точно знаю — Гри'ашн особенный! Таких разумных не бывает! Откуда он? Как он смог здесь выжить?

— Почему ты хочешь меня спасти? — спрашиваю его сквозь слёзы.

— Потому что ты — хорошая, — отвечает он мне, очень бережно обнимая, как будто не его, а меня чуть не убили только что. — Ты согласишься?

— Я — хорошая? — поражаюсь я его словам. Похоже, у меня действительно появился кто-то, кому не всё равно, кому я не противна, кому я... дорога? Но разве так бывает?

Подумав несколько долгих мгновений, я понимаю, что ни за что на свете не хочу его терять. Если он хочет этот странный ритуал, пусть будет ритуал. Да что угодно, лишь бы он был! Я так боюсь снова остаться одна против всех! И я шепчу ему своё согласие, на что Гри'ашн только кивает, с трудом вставая во весь рост. Он покачивается, но упрямо стоит. Я встаю рядом. На мне одежды тоже нет, потому что я сбросила её, чтобы не запачкать в крови. Кто знает, какое здесь наказание за это предусмотрено...

— Перед магией и силами предков... — хрипло начинает говорить Гри'ашн. Всё-таки полностью его не восстановили, а только так, чтобы всё вокруг кровью не пачкал. — Клянусь оберегать тебя, хранить твою душу, как свою и...

В этот момент ко мне откуда-то приходит уверенность — я понимаю, что нужно говорить. Обняв его, глядя прямо в глаза, я повторяю за ним те же слова, чувствуя всей душой, что так правильно, а вокруг вдруг становится очень светло. С нашими последними словами что-то ярко вспыхивает, да так, что я, кажется... Нет, вроде бы стою. Но ощущаю себя как-то странно — исчез холод, а в груди как будто поселяется какой-то тёплый комок. Это очень странно, но теперь я знаю, что нам нужно одеться и выйти из замка.

— Пошли, — согласно кивает Гри'ашн. Его одежда снова чистая, поэтому он осторожно, стараясь не потревожить спину, натягивает её. Я помогаю ему, а потом сама быстро залезаю в платье.

Медленно, не торопясь, мы выходим из замка и куда-то идём. Я не знаю, куда мы идём, только чувствую, что так правильно. Интересно, что нас заставляет туда идти?

Мы входим в лес, сейчас он почему-то совсем не кажется опасным, только каким-то тёмным. Мы идём туда, куда нас ведёт неизвестная сила или какое-то внутреннее чувство... И вот, наконец, деревья расступаются, являя странную полянку — она идеально круглая, и в центре неё я вижу каменный круг.

— Мы подтверждаем наше желание стать едиными, — хором произносим мы с Гри'ашном. Слова будто сами всплывают в сознании, а вот что происходит потом, я не помню. Мы точно что-то услышали, но вот что, я просто почему-то не помню. Так странно...

# ГЛАВА ШЕСТАЯ

## Гри′ашн

Как мы дошли обратно, я не помню. Однако леерника я не нашёл. Моё обиталище вдруг исчезло, что поставило меня в тупик. Калира держится рядом, а я пытаюсь понять, что делать теперь. Наверное, я бы так и остался стоять, но тут появляется ха′арш. Всё-таки, по-моему, есть у них своя воля, не абсолютно они Высшим подчинены.

— Высокородные живут в своих покоях, — говорит мне он.

— Высокородные? — удивляюсь я. — А где они, эти покои?

— Следуйте за мной, — произносит ха′арш. Мне показалось, или он действительно улыбнулся?

— Что происходит? — спрашивает меня Калира.

— Ещё не понял, — честно отвечаю ей. — Кажется, наш статус изменился, или это просто продолжение игры.

— Высокородные провели ритуал, доступный только Высшим, — поясняет вдруг ха'арш. Он идёт вперёд, не оборачиваясь, отчего я не сразу понимаю, что обращается он ко мне. — Но им стоит быть осторожными.

— Значит, ритуал... — тут я вдруг вспоминаю, что говорил дядя Саша. Может ли магия сделать нас Высшими?

— Ваши покои, — показывает ха'арш мне на дверь, украшенную полосами из настоящего железа. — Будьте осторожны, Высокородные.

Что имеет в виду уже исчезнувший магический слуга, я отлично понимаю — нам такого не простят. Получается, что, проведя ритуал, мы подняли свой статус, нарушив тем самым многие планы. Планы Высших. За такое нас по головке не погладят, это точно. Значит, Калира в опасности. Правда, она и до того была в опасности, но сейчас Высшим нельзя действовать напрямую, свои законы они соблюдают, насколько я знаю.

Внутри широкая двуспальная кровать, стол, а на столе я нахожу книгу и кольцо. Что это за кольцо, я знаю — так называемый «разблокиратор», с его помощью можно снять ошейник с Калиры. Усадив девочку на кровать, я беру кольцо со стола.

Однажды я видел, как Высший снимал ошейник.

Поднеся кольцо к шее девочки я пытаюсь повторить шипение, слышанное лишь единожды. Чувствую укол боли, но уродливый ограничитель раскрывается, легко падая с её шеи. Калира ошарашенно смотрит на меня, а я понимаю: если это и игра, то какая-то слишком жестокая. Нужно посмотреть книгу.

— Пойдём, посмотрим, что это за книга, — предлагаю я ей.

— Пойдём, — соглашается девочка, обнимая мою руку, кажется, всем телом.

Я понимаю, что чувствую её эмоции — отголосок страха, боль в груди и надежду. Есть ещё что-то, что рождает ощущение тёплого сгустка чуть правее того места в груди, которое болит.

Помня, что книги можно читать только за столом, я усаживаю Калиру, садясь рядом, и открываю лежащий передо мной том. Девочка плечом прижимается ко мне, но молчит, а я внимательно читаю первые строки, написанные в книге. Насколько я понимаю, это учебник начал магии, но, кроме того, это ещё и список правил, которые Высшим нарушать нельзя. Интересно...

— Это правила для Высших, — поясняю ей, на что Калира явственно удивляется.

— Мы стали богами? — спрашивает она.

— Вряд ли, — вздыхаю я. Ну не верится, что всё так просто. — Скорей всего — это новый виток игры.

— Жалко, — вздыхает девочка, оглядываясь.

Я читаю о запретах, кажущихся мне странными, потому что Высшие вот эти пять нарушают постоянно. Значит, действительно, игра, а я уже почти поверил. Громко, с выражением зачитываю эти правила, отчего Калира удивляется ещё больше. Практически для нас ничего не изменилось — мы всё такие же бесправные, что следует из прочитанного.

— Действительно, игра, — кивает Калира. — А о наказаниях там что написано?

— Как везде — болевыми импульсами, — пожимаю я плечами. — Не нарушить эти правила почти невозможно, поэтому...

— Поэтому ничего не изменилось, — всхлипывает девочка. — Будь они все прокляты!

— Тише, тише, нельзя, чтобы услышали... — обнимаю я её. — Мы всё равно ничего сделать не можем.

Калира и сама понимает, что выбора нам просто не оставили, просто сейчас, до Академии, нас не могут просто так убить, но ведь мы можем умереть и сами по себе — от наказания. Дядя Саша когда-то давно объяснял мне, что такое «болевой шок», а у Калиры ещё и сердце больное, похоже. Слишком уж часто она в обморок падает.

— А тут что? — интересуется Калира, подходя к шкафу.

В шкафу обнаруживается сменная одежда для неё и для меня, причём её много, что наводит уже на совершенно невозможные подозрения. Если одежды много, значит, предполагается частая смена. А если частая смена, то, значит, мало нам не будет. В общем и целом, можно сказать, что стало ещё хуже.

Сейчас нам нужно идти на... ужин, судя по вмонтированным в потолок часам. Страшно... А, это не мне страшно. Обнимаю Калиру, стараясь успокоить её, при этом раздумываю над словами магического слуги. Вполне возможно, что статус у нас поднялся, но при этом недостаточно высоко для того, чтобы мы перестали быть игрушками. Если игрушку посыпать драгоценным железом, то игрушкой она быть не перестанет, просто цена вырастет. Вот так, похоже, и у нас.

Подъёмник расположен прямо напротив выхода из «покоев». Меня Высшим не обмануть, я вижу их игру, особенно когда о ней знаю. Калира держится за моим плечом, а я оглядываюсь — не подошёл бы кто сзади. Но вроде бы пусто, что тоже не очень обычно. В это время Высшие спускаются из своей башни в поисках новой жертвы, и не приведи небо им попасться.

Нас возносит на один уровень вверх, к едальне. Что ещё находится на этом уровне, я не знаю, да и, честно говоря, без этого знания я отлично проживу. Нарываться на наказание — ради чего? Вот и я думаю, что незачем. В едальне, кстати, как и в прошлый раз, пусто. Это и хорошо, и плохо — подчёркивает наш статус.

В этот раз пища выглядит иначе — розовые комочки,

облитые соусом. Я смотрю на них и понимаю, что просто боюсь браться за столовый прибор. Не хочу больше боли, а ведь она будет... Нужно взять себя в руки и попытаться угадать. Среди великого множества различных приборов найти тот самый — правильный. Не хочу! Лучше я останусь голодным!

Неожиданно появляется ха'арш. Он показывает мне на фигурную ложку и моментально исчезает. Он что, мне помогает? Разве так бывает? Или же Высшие приказали? Как понять, ха'арш помог мне, или же Высшие решили подогнать, чтобы насладиться моей болью?

Решившись, берусь за указанное мне, и... боли нет. Значит, магический слуга действительно решил мне помочь? Но почему?

Показываю Калире на такую же ложку, на что она молча кивает. Правильно, в едальне надо молчать, чтобы никого не спровоцировать. Вкус пищи незнакомый, но какой-то приятный. Кажется, эти комочки сами тают во рту. Такого я точно никогда не ел, но спокойно наслаждаться едой не дает постоянная готовность защитить мою девочку. Мою? Когда она успела стать моей?

**Калира**

Какие же жестокие игры у богов! Если бы я не знала, то, наверное, поверила бы. И кто знает, чем бы обернулась эта моя вера? Хорошо, что у меня есть Гри'ашн!

Ужин закончился спокойно — без боли. Встав из-за стола, мой близкий мальчик взял меня за руку, ведя обратно. Коридоры пусты, но мы идём всё равно очень тихо, чтобы, как я понимаю, не привлечь внимания. Гри'ашн очень умный, он всё-всё знает. Я иду за ним, чувствуя какое-то тепло в груди. Мне кажется, что это не моё тепло, а я будто бы чувствую его эмоции. Ощущения Гри'ашна. Интересно, так может быть?

Чувствую себя очень уставшей, как будто весь день в доме убирала, но ведь этого не было... Отчего же я так устала-то? Не понимаю. Надеюсь, хотя бы в новой комнате безопасно будет. Гри'ашн ведёт меня в нашу комнату, войдя, запирает дверь на засов и немного расслабляется, а потом осматривает комнату ещё раз, обнаружив не только туалет, но и душ. Пусть даже он будет холодным, но это душ!

Кажется, у меня появляется надежда на то, что всё может быть не очень плохо. В то, что может быть хорошо, я давно уже не верю.

Душ оказался тёплым. Пожалуй, это стало самым большим потрясением сегодняшнего дня — тёплый душ! Я наслаждаюсь тёплой водой, кажется, даже расслабляюсь, на что Гри'ашн просто улыбается. У него это тоже в первый раз — тёплый душ.

Затем я укладываюсь в постель, и она... Она мягкая! Не такая, чтобы провалиться, но это и не просто доски, и не окаменевший матрац. Ощущения просто необыкновенные! А ещё Гри'ашн меня обнимает и гладит, как только он умеет. Я не знаю, как называется то, что я чувствую, но мне бы хотелось, чтобы это не заканчивалось никогда.

Сама не заметив, как уснула, я внезапно оказываюсь в большой комнате, освещённой солнцем. Вижу Гри'ашна, радостно подбегающего к какому-то человеку. И этот самый человек очень ласково обнимает мальчика. Человек — и ласково! От этой картины я всхлипываю, хоть и боюсь неизвестного. Но тут Гри'ашн подходит ко мне, берёт за руку и подводит к человеку, глядящему на меня как-то очень по-доброму. Человек протягивает ко мне руку — и я уже сжимаюсь в ожидании удара, но... вместо этого меня гладят. И человек, и Гри'ашн.

— Познакомься, Калира, — говорит мой самый близкий мальчик. — Это дядя Саша, он наш... — тут Гри'ашн запинается, но затем уверенно заканчивает: — А'фт.

Назвать так человека! Для богов это просто нереально, по-моему, поэтому я просто застываю, с недоверием глядя на Гри'ашна. А человек, чуть нахмурившись, как-то очень странно, хоть и ласково называет моего самого-самого.

— Ну-ка, Гришка, как ты меня назвал? — спрашивает дядя Саша.

— А'фт, — отвечает Гри'ашн, а потом зажмуривается и переводит: — Папа...

— Двое детей и папа из сна, — вздыхает этот

странный человек, а потом делает шаг вперёд и обнимает нас обоих. И это просто необыкновенно, ведь он совсем не хочет причинить зла! Разве так бывает?

— Так бывает, — улыбается мне дядя Саша. Кажется, я произнесла свой вопрос вслух. — Гришка, рассказывай, — просит он.

— Ритуал прошел хорошо, — объясняет Гри'ашн. — Только после этого исчез мой леерник, а нас поселили в покои Высших и дали одежду Высших, но так не бывает.

— Выводы? — коротко спрашивает дядя Саша.

— Виток игры, — вздыхает мой близкий. — А еще нам ха'арш помог. Это совсем уже...

— Возможно, слугам что-то от тебя надо, — задумчиво произносит этот необыкновенный человек. — Что собираешься делать дальше? — интересуется он.

— Сроки у нас не изменились, — Гри'ашн в задумчивости что-то рисует пальцем по стеклу огромного окна. — В Академии нас легко убить, так что вариант только один...

— Калира, как с сердцем? — интересуется дядя Саша, к которому мне хочется прижаться.

— Обмороки у неё, дядя Саша, — отвечает вместо меня мальчик. — Опасаюсь я, что может быть, как в той книге.

— Ой, папочка, а кто это? — слышу я детский голос, но посмотреть не успеваю, Гри'ашн закрывает меня собой.

— Это, доченька, дети другого мира, — спокойно говорит человек. — Гриша, Калира, не бойтесь, это моя дочь — Алёнка. Её так назвали в честь... хм... нашего близкого человека.

Я выглядываю из-за спины Гри'ашна, чтобы увидеть человеческую девочку. Она намного младше меня, но смотрит не со страхом, не с ненавистью, а как-то совсем иначе. Непривычно очень.

Дядя Саша начинает спокойно и не торопясь рассказывать о нас своей дочери. О Высших и Низших, о том, кто мы такие и каков наш статус, а потом девочка с непривычным, но каким-то очень ласковым именем Алёнка подходит к нам. Она хочет познакомиться и «дружить». Я не знаю, что это такое, поэтому спрашиваю:

— А «дружить» — это очень больно?

— Папа? — ошарашенно спрашивает Алёнка дядю Сашу. — Они... они не знают, что это такое?!

— Да, доченька, — человек гладит её по голове тем же жестом, что и меня. — В их жизни нет друзей, родителей, учителей, а есть только ненависть к ним и боль.

— Ой! — восклицает девочка. — Я научу! Научу вас! Это же здорово, когда братик и сестричка!

Я начинаю сначала робко, а потом уже и смелее спрашивать. Раз они к нам хорошо относятся, то этим надо воспользоваться, чтобы разузнать как можно больше. Меня интересует абсолютно всё — что такое «дружить», почему они к нам так, почему не хотят побить, почему...

Алёнка от моих вопросов начинает всхлипывать, а я пугаюсь. За свою дочь этот дядя Саша может же и наказать, раз я её расстроила?

— Папа, а почему она так сжалась? — удивляется девочка.

— Она боится наказания, — вздыхает человек и гладит меня по голове, отчего удивляюсь уже я.

— А за что наказания? — интересуется Алёнка, но дядя Саша смотрит на меня. Я понимаю, что моя очередь отвечать.

— За то, что тебя расстроила, — признаюсь я.

— Глупая! — восклицает девочка и лезет обниматься. — Разве же за такое можно в угол?

— В угол? — не понимаю я.

— Ну это... — Алёнка вздыхает, покосившись на папу. — Угол — это где надо постоять и подумать над своим поведением.

— На чём постоять? — я всё ещё не понимаю сути такого наказания.

И тут я узнаю, что, оказывается, есть люди, которые не бьют! Совсем не бьют, а в качестве наказания заставляют думать о том, что сделал не так! Это какая-то слишком чудесная сказка, от которой хочется плакать. Я очень хочу туда, где есть такие люди! Очень-очень! Жаль, что это только сон...

# ГЛАВА СЕДЬМАЯ

**Гри′ашн**

Помню, как меня впервые удивил тот факт, что дядя Саша не хочет вбить в меня то, чему он меня учит. Тогда этот чудесный человек рассказал мне, что страхом учить нельзя. И вот теперь удивилась и Калира, даже заплакала, как и я тогда.

Дядя Саша говорит, что появление Калиры в наших снах ожидаемо, потому что мы с ней по условию ритуала теперь одно целое. Это очень здорово — она теперь меньше боится. Конечно же, мне не всё равно, как она себя ощущает, но почему так — не знаю. Пока Калира забрасывает вопросами девочку с таким ласковым именем, я расспрашиваю дядю Сашу о его дочери, хотя внутри меня оживает тоска.

Конечно же, у такого хорошего человека должны быть и свои дети, а я... я только во сне. Когда-то я мечтал, что смогу прийти туда, где живёт дядя Саша, и он мне станет настоящим родителем. Дурак я, правда? В реальности у меня никогда такого не будет. Никогда-никогда. Что-то я разнюнился, для меня это необычно.

— Папа, а почему у мальчика ушки сделали так? — интересуется Алёнка у своего папы. Я почему-то едва сдерживаю слёзы.

— Потому что, доченька, мальчик с девочкой эмоционально связан, — объясняет дядя Саша. — И оба себе что-то напридумывали.

— Я знаю, что они себе напридумывали, — уверенно произносит девочка. — Они же там совсем одни, значит, решили, что и тебе не нужны. Вы глупые!

— Из-за тебя? — улыбается тот, кого я давно про себя зову родителем.

— Вы глупые! — Алёнка топает ногой. — У меня будет братик и сестрёнка, я этому очень рада! И папа от вас никогда не откажется!

— Честно-честно? — поражённо спрашивает Калира, а я сейчас точно разревусь.

— Вы глупые! — на глазах девочки слёзы. Я её расстроил?

Алёнка принимается нас обнимать. Сначала Калиру, потом меня, а потом уже и нас обоих одновременно, почти прижавшись к нам. А я не могу поверить. Мы же ей никто! Я практически навязался её папе, желая отнять его время, а она... Откуда берутся такие люди, откуда? Я хочу туда, где они...

Меня и Калиру накрывает истерикой. Просто невозможной, потому что такого не может быть. Миг спустя начинает плакать и Алёнка, а дядя Саша обнимает нас троих и молча гладит по головам, видимо, давая выплакаться. А я... я просто не понимаю, за что я родился остроухим, а не там, где есть такие, как дядя Саша?

— Ну что, дети, доплакали? — интересуется он, когда мы немного успокаиваемся.

— Да, — киваю я, с трудом беря себя в руки. — Я... сейчас...

— Ты не отнимаешь у меня папу, — сморгнув слёзы, говорит мне Алёнка. — Ты мне даришь братика и сестричку, понял?

— Ты что, мысли читаешь? — удивляюсь я, потому что только что об этом подумал.

— Не-а, — крутит девочка головой. — Просто я знаю, о чём бы сама подумала, вот. Папа, надо найти возможность забрать их к нам!

Вот так вот просто... Алёнка, кажется, абсолютно уверена, что такая возможность есть. Глядя на неё, я чувствую какую-то надежду на то, что подобное возможно. Это, наверное, очень смешно, ну а вдруг? И Калира ещё смотрит с такой надеждой, что выдержать просто невозможно.

— В общем-то, это задача... — дядя Саша внимательно смотрит мне в глаза. — Попробуй поискать в библиотеке и помни о времени.

— О времени? — интересуется Калира.

— Через год будет жертвоприношение, — объясняю я ей. — У нас очень мало времени.

Услышав, что это такое, девочка сильно бледнеет и чуть не падает в обморок, но удерживается. Я же думаю о книгах, ну и о ритуале Убежища. Если он нас сможет защитить, тогда времени будет больше. На прощанье мы обнимаемся все вчетвером, а потом я просыпаюсь. Рядом лежит бледная Калира с мокрыми глазами.

— Быстро собираемся, потом едальня и — в читальню, — озвучиваю я план, на что девочка молча кивает.

Вот только сразу подняться у неё не получается. Резко поднявшись, она сразу же падает обратно, а затем теряет сознание. Меня это пугает так, что у самого на мгновение темнеет в глазах, но я быстро привожу Калиру в сознание. Девочка моя смотрит большими круглыми глазами, в которых паника.

— Что случилось? — спрашиваю я её.

— Встала, и стало темно, — тихо отвечает она. — Я так испугалась...

— Не надо пугаться, — прошу я Калиру. — От страха можно заболеть, а лекари здесь знают только одно лекарство.

— Я не буду... — также тихо произносит девочка.

Что за лекарство знают местные «лекари», уточнять не надо — мы оба понимаем, о чём я говорю. Я помогаю Калире подняться, вроде бы всё хорошо. Договорившись идти небыстро, выходим из покоев. Я в задумчивости: похоже, Калира уже почти заболела, а это очень плохо, потому что убить её я не позволю. В едальне нам опять помогает ха'арш, что уже наводит на странные размышления. Магические слуги так себя не ведут! Это для них просто невозможно! Тогда почему?

На этот вопрос у меня ответа нет. Девочка не удивляется, потому что просто не знает сути ха'аршей. Но я-то знаю! Неужели какой-то Высший решил привнести что-то своё в игру? Или же ха'арш сам решился помочь нам? Но почему? Что он потребует взамен?

Слишком много вопросов, ответа на которые я просто не знаю, поэтому остаётся только быстро поесть, внимательно поглядывая вокруг, чтобы вовремя увидеть Высшего. Но никого нет — ни в коридорах, ни в едальне, как будто все Высшие внезапно умерли. Хорошо бы! Жаль, что это невозможно, хоть и хотелось бы.

Очень странно на самом деле, впрочем, от нас ничего не зависит, поэтому мы отправляемся в читальню. Нужно взять пару текстов по традициям Высших, чтобы изобразить прилежание, а потом найти информацию по тому самому ритуалу, потому что кажется мне, что время утекает как-то слишком быстро. Нарастающую опасность я чувствую, дядя Саша говорил, что так бывает.

Мы входим в читальню, Калира посматривает по сторонам, а я строю цепочку рассуждений, чтобы никто ничего не заподозрил, а выбор книги о ритуалах казался случайным. В то, что Высшие не отслеживают, что именно мы читаем, я не верю, но, может быть, им будет просто лень. Слабая надежда, конечно... Ого, какой том! Вряд ли там только рассказ о ритуале, надо внимательно прочитать. А Калира будет читать тексты о традициях Высших на всякий случай. Я-то их знаю, а вдруг им проверить захочется? Вот то-то и оно...

Именно поэтому мы и разделяем обязанности именно так, тем более что Калира на языке Высших читает ещё плохо. Это, кстати, тоже надо исправлять, потому что кто знает, как долго продлится эта игра?

**Калира**

Гри'ашн, конечно, прав, нужно знать традиции богов, хоть они и не боги. Раз нас сравняли в статусе, то нужно знать хоть что-то, потому что какие у них наказания, я уже видела на примере моего близкого.

Ещё меня беспокоит то, что случилось утром. Ведь я чуть не упала, значит ли это, что со мной что-то плохое? И Гри'ашн испугался сильно. Не хочу умирать! Я, может быть, только жить начала! С трудом прогоняю эти мысли, чтобы сосредоточиться на танцах богов.

Описание того, кому и как правильно кланяться, занимает десяток листов, при этом оказывается, что у богов есть даже «угрожающий поклон». Это очень интересно, поэтому я зачитываюсь, пока не слышу задушенного всхлипа Гри'ашна. На него это так непохоже, что я моментально отвлекаюсь.

— Что случилось? — с тревогой спрашиваю я.

— У нас есть вариант обрести убежище и безопасность, — вздыхает Гри'ашн, — но только через какие-то Испытания. Тут написано, что они смертельно опасны, а тобой рисковать я не хочу.

— Давай ты дочитаешь, — предлагаю я, немного удивившись этому признанию. — А потом мы дядю Сашу спросим?

— Давай, — улыбается Гри'ашн. Кажется, ему даже на душе стало легче, поэтому и улыбается, наверное.

Мы снова погружаемся в тексты, но я никак не могу сосредоточиться, потому что думаю о его словах — они заставляют меня размышлять. Он сказал, что не хочет мной рисковать, значит, я его близкий? Ну, он же мой близкий, правильно? Если и я — его, значит, мы близкис друг другу. Это же хорошо?

За чтением и размышлениями мы не замечаем, как наступает обеденное время. Об этом сообщает низкое жужжание, идущее от часов. Гри'ашн вздрагивает и быстро собирает тексты, чтобы положить их обратно на шар. Нам нужно идти в едальню, путь к которой опять пустынен. Так хочется представить на миг, что все боги умерли, но в это не верится даже мне.

Едальня совсем не изменилась — пустое помещение, столы и тысяча столовых приборов. Ещё замечаю — когда хожу, кружится голова и тяжело в груди так, что, кажется, трудно дышать. Наверное, это плохой признак, надо будет спросить дядю Сашу. Как-то очень быстро я приняла его близким. Наверное, это потому, что у меня, кроме Гри'ашна, никого нет.

Пугаться больше нет сил, а сейчас, наверное, будет больно, я смотрю в тарелку, полную каких-то сгустков, но рядом с моим близким опять появляется слуга, и Гри'ашн уверенно берёт в руку непривычного вида вилку. Я повторяю за ним, не чувствуя боли. Значит, нам помогают, но зачем? Почему? На эти вопросы ответа у меня нет.

Обратно до покоев мы не доходим. Что-то происходит — и мы с Гри'ашном вдруг оказываемся в большом зале, заполненном магическими слугами. Я понимаю, что теперь они потребуют плату за помощь. Надеюсь, они не будут делать со мной страшное. На этой мысли гаснет свет, а когда я открываю глаза, то вижу испугавшегося за меня близкого. Странно, но нас даже не разделили, может быть, не будет боли или страшного?

— Вы помогаете нам, — говорит Гри'ашн, обращаясь к ха'аршам. — Что вы хотите за это?

— У вас есть возможность открыть Убежище, — сообщает ему одно из существ. — Это позволит нам освободиться.

— Почему именно у нас? — не удержавшись, спрашиваю я, на что ко мне обращаются десятки взглядов, будто желающих прожечь во мне дыру.

— Твой самец из наследников, как и ты, — совершенно непонятно отвечают мне, но переспрашивать я боюсь.

— Но моя мама же человек... — очень тихо говорю я, на что называемое ха'аршем существо качает головой. Я что, не из людей? Но тогда почему...

— Ты рождена теми, кто называет себя Высшими, — произносит это существо. — Твои родители были уничтожены так же, как завтра уничтожат и вас.

— Завтра? — Гри'ашн бледнеет. Он, по-моему, верит сразу, а магический слуга хлопает в ладоши.

Перед нами возникают чьи-то покои. Судя по виду из окна, это покои богов, очень уж высоко они находятся — выше облаков. Боги попивают что-то из высоких тонких сосудов и переговариваются. Мгновение — и будто кто-то включает звук.

— Отродье и отброс как-то докопались до Выбора, — произносит бог с синей продольной полосой на лбу. Его собеседник имеет две зелёные, но что это значит, я не знаю.

— Значит, — говорит тот, у кого зелёные полосы, — к жертвоприношению они непригодны, за такое нас могут наказать.

— Да, — кивает синий. — По нашим законам, они оба — Высшие, а их нельзя приносить в жертву. Значит?

— Значит, к ним придёт тихая смерть, — усмехается его собеседник. — Едва минует полночь, как заведено. Жаль, что их силы нам не достанутся, но два таких Высших сами по себе опасны...

Покои с собеседниками исчезают.

— Ты видел, — говорит Гри'ашну магический слуга. — Завтра вас так или иначе не будет. Что решишь ты?

Правду нам показали или нет, мы никогда не узнаем. Существам мы нужны, чтобы обрести свободу, поэтому они могли и соврать, но, если они предлагают нам, значит, у нас есть шанс? Что скажет Гри'ашн?

— Нельзя вечность стоять на коленях, — произносит мой близкий. — Ты знаешь, что будет во время ритуала?

— Вас испытает Великий Мозг, — отвечает ха'арш. — У каждого Испытание своё, но оно действительно очень страшное. В древности умирал каждый. Однако нашему гаргу, что предвидит будущие события, было видение о вас, поэтому мы поможем — взамен на обещание.

Мне страшно. Я верю этому ха'аршу. Пусть он даже

хочет решить за наш счёт свои проблемы, но это так похоже на богов, что даже слов нет. Мы уснём в постели, а потом умрём — прямо, когда будем у дяди Саши. Прямо на глазах Алёнки! Она же плакать будет! Тихая смерть... Наверное, я буду долго умирать, не в силах даже попрощаться. Нет! Не хочу! Не хочу так!

Гри'ашн прижимает меня к себе. Он гладит меня, успокаивая, а я чувствую, как в груди нарастает боль. Тут ха'арш хлопает в ладоши — и боль пропадает. Мой близкий с тревогой смотрит на меня, но я уже вроде бы в порядке.

— У нас нет выхода, — вздыхает Гри'ашн, всё ещё прижимая меня к себе. — И так, и так — смерть. Жаль...

Мне тоже жаль, что мы не попрощаемся с дядей Сашей и Алёнкой. Хоть бы ещё раз увидеть этих волшебных людей! Хоть бы одним глазком...

Гри'ашн прав — у нас действительно нет выбора, просто никакого выбора нет. Умрём ли мы от Испытаний — неизвестно, а вот боги нас убьют абсолютно точно. Значит, надо решаться. Правда же?

И моё самое близкое существо произносит первую фразу Ритуала. Самую главную фразу, после которой пути назад уже нет. Я прижимаюсь к нему и крепко зажмуриваюсь в надежде на то, что мы выживем назло проклятым богам. Ну пусть мы выживем, ну пожалуйста!

# ГЛАВА ВОСЬМАЯ

**Гри′ашн**

Боль, всепоглощающая боль пронизывает всё моё существо. Я будто плаваю в этой боли, не понимая, что происходит и за что меня наказывают. В этот раз наказание намного страшнее предыдущих — часто будто выключается свет. Это значит — я теряю сознание.

— Жалкий отброс! — с ненавистью звучат слова, пробиваясь сквозь пелену боли. Голос такой знакомый — это Калира! Но...

Я не верю. Боль разрывает меня пополам, я не чувствую её эмоций, но просто знаю — она не будет меня пытать. Я это просто точно знаю. Потому что Калира — самый близкий мне человек. Это Высший притворился моей девочкой, чтобы лишить меня желания жить.

Значит, они умеют и такое. Только бы с ней всё было хорошо!

Всё гаснет перед глазами, становится холодно, а я понимаю, что Калира для меня значит. Поэтому я никогда не поверю в то, что она может со мной так поступить. Просчитались вы, Высшие твари, будьте вы все прокляты! Просчитались! Только бы девочку мою это не коснулось!

Глаза открываются, и я вижу... Я вижу помост Жертвоприношения. Страшный фигурный штырь из драгоценного железа закруглён на конце. Это делается для того, чтобы маг подольше не умирал, отдавая свою силу. Прямо при мне на него сажают совсем юного безухого, он страшно кричит, так жутко, что я едва ли не теряю сознание, но двинуться всё равно не могу — я связан.

— Если скажешь, что она во всём виновата, будешь жить, — слышу я шёпот появившегося рядом ха'арша. — Скажи, что это она всё придумала, а не то умрёшь!

— Предать Калиру? — я пытаюсь улыбнуться. Какой же он глупый, этот ха'арш, хоть и магический. Как можно предать ту, что дороже всех? — Никогда.

— Тогда ты умрёшь прямо сейчас, — какая-то сила поднимает меня в воздух, я по-прежнему не могу даже двинуться. — У тебя последний шанс!

В толпе, окружающей помост, я вижу большие глаза самой лучшей на свете. Она бледна, как полотно, и уже готова что-то выкрикнуть. Я понимаю, что — поэтому всем своим существом желаю, чтобы она не смогла раскрыть рот. И что-то во мне откликается на это желание, когда жуткая боль пронизывает тело.

Я снова открываю глаза, загнанно дыша. Боль, кажется, не отпустила меня. Ко мне с плачем бросается Калира, а я глажу её. Живая... Какое счастье, что она жива!

— Почему?! Почему ты сделал это?! — Калира почти кричит.

— Потому что нет никого, дороже тебя, — отвечаю я ей.

Кто-то или что-то даёт нам совсем немного времени побыть вдвоём. Я понимаю — это Испытание, и оно продолжается. Оно не только болезненное, даже очень, это Испытание помогло мне понять, что значит для меня Калира. Почему я ни за что на свете не соглашусь спасти себя, а не её.

Я снова открываю глаза. Напротив меня стоит дядя Саша. Он очень сердит, как тогда, когда я сказал, что лучше бы меня не было. В руке у дяди Саши палка, страшная даже на вид, дающая понимание, что сейчас будет.

— Раздевайся, маленький гадёныш! — цедит он сквозь зубы с такой ненавистью, что сердце в моей груди делает кульбит.

Разумеется, я понимаю, что это опять Высший, а не мой родитель, но понимать это и принимать сам факт технически сложно. Впрочем, я закрываю глаза в ожидании боли. Даже если это дядя Саша, значит, я этого заслуживаю. Отчаяние буквально затопляет всё моё существо, становится холодно, и всё гаснет.

Калира снова обнимает меня, она опять плачет, но как-то освобождённо. А у меня ноет в груди, потому что увиденное только что буквально вывернуло душу наизнанку.

Девочка моя, самая близкая на свете, самая лучшая обнимает меня и плачет, плачет, плачет... Что же за ужас ей показали? Я понимаю, что магия — не человек, да и испытания у нас получаются жестокими, но так не хочу, чтобы она страдала, так не желаю этого, просто до слёз.

И я снова открываю глаза. Мы сидим за столом, только дяди Саши почему-то нет. Насколько я понимаю, мы обедаем. Улыбается Калира, что-то радостное рассказывает Алёнка, а я чувствую беду, просто всей своей душой ощущаю — беда уже на пороге. Когда раздается звонок в дверь, я вздрагиваю и понимаю — вот она.

Я встаю и понуро иду к двери, открывать которую совсем не хочется. За дверью стоит дядя Вася — это папин друг, я его видел разок во сне. И ещё несколько человек. Он грустно смотрит на меня, и в душе моей становится холодно.

— Пойдём, малец, поговорим, — говорит мне дядя Вася. — Дурные у меня новости...

— Что-то с папой? — это слово выскакивает само.

— Пойдём, — ещё раз вздыхает он.

И вот уже мы сидим все вместе за столом, глядя друг на друга с возрастающим беспокойством. И тогда дядя Вася начинает рассказывать. О том, что вертолёт упал, но папу получилось спасти, поэтому он теперь парализован. Я понимаю, что даже если это не испытание, то я всё равно не смогу поступить иначе.

— Подумайте, возможно вам будет лучше в другой семье? — говорит папин друг.

— Нет, — только и отвечаю ему. — Это наш папа, мы его выходим.

— Это наш папа, — повторяет Алёнка, протянув руку к Калире.

— Это наш папа, — кивает моя самая лучшая девочка.

— Ваше дело, — как-то очень равнодушно пожимает плечами дядя Вася.

И вот мы уже заботимся о папе. Кто-нибудь обязательно сидит рядом с ним, читает книги, переключает каналы телевизора, подаёт, если что-то надо. Девчонки готовят, я убираю. Мы все ухаживаем за нашим папкой, становясь единым организмом. Ведь это же папа.

Я обнимаю девчонок, рассказываю им, что всё будет хорошо, как делал раньше наш папа. И они мне верят, а ему я сказал, что мы — семья. Его друзья постепенно перестают ходить к нам, только дядя Вася и его жена тётя Люда остаются. Они нам помогают и отваживают чужаков, которые хотят нас забрать. А мы живём...

— Гриша, ты мне нужен как мужчина, — произносит мгновенно повзрослевшая Калира.

— Рано ещё, — улыбаюсь я ей, понимая, конечно, что моя девочка говорит совсем не об этом.

— В магазин надо сходить, — сообщает она мне, ещё раз осмотрев наличные продукты. — Со мной или с Аленкой, потому что овощи выбирать ты не умеешь.

— Договорились, — киваю я. Странно, но, по-моему, таких подробностей в снах не было, значит, это может быть реальностью?

День, когда папа смог пошевелить руками, стал праздником, а когда он смог сесть, сделал нас всех счастливыми навсегда. В этот момент, в момент окончания Испытания, я понимаю: мы — семья, настоящая, как в папиных рассказах! Мы — семья, и мы победим!

## Калира

Сегодня страшный день. Я даже боюсь представить, что со мной будет, потому что в школе я получила плохую оценку. Несправедливо, ведь учительница постоянно прерывала меня, не давая сосредоточиться, задавала вопросы совсем не по теме урока, а потом, улыбнувшись, поставила двойку в дневник. Она улыбнулась, наслаждаясь, как и учителя в той школе, где я училась до этого момента.

Я просто боюсь... Мне страшно так, что холодеют

ноги, даже не представляю себе, что сейчас будет. Ведь за такое дядя Саша меня... Не хочу снова этой жуткой боли! Не хочу! Тем более от него... Может, убежать?

Нет, пусть будет, как будет, у меня всё равно нет выхода. Голова сильно кружится, болят ноги, будто после долгого бега, мне очень холодно и не хватает воздуха[1]. Я, наверное, уже упала бы, но Алёнка... Алёнушка меня обнимает и утешает, хотя не понимает, что со мной и почему я так. Наверное, собственного ребёнка дядя Саша не наказывает, но я же чужая...

Мне становится всё хуже — на сердце будто лёг тяжёлый камень, не давая дышать. Вот и наша квартира... Скоро придёт дядя Саша, и вот тогда... Я знаю, что тогда придёт боль, жгучая, сильная боль, от которой не будет спасения, от которой я буду снова умирать, не в состоянии умереть. Я совсем не знаю, что теперь делать...

Вот ключ поворачивается в замке, дядя Саша сообщает, что он дома, и сразу же уходит переодеваться. Сейчас он выйдет, и... Наверное, стоит раздеться самой, может быть, тогда меньше попадёт.

— Скажи... — тихо спрашиваю я Алёнку. — А папа... Он... Ну... До крови? Или...

— Что до крови? — удивляется девочка, перебирая какие-то длинные тонкие палки.

— На-наказывает, — почему-то начинаю заикаться. Алёнка смотрит на меня, предвкушающе улыбаясь, и со свистом помахивает одной из палок.

— Наказывать тебя буду я, — хихикает девочка. — А папа... Ну, ты понимаешь, — подмигивает она мне.

Я понимаю, о чём она говорит — о страшном, очень страшном. Алёнка помахивает длинной тонкой палкой, подходя ко мне всё ближе, но тут раскрывается дверь, и в комнату заходит голый дядя Саша...

— Ты можешь сказать, что это случилось из-за Гри'ашна, — слышу я шёпот, обнаруживая рядом магического слугу.

Переложить вину на самого близкого и дорогого человека? Нет, никогда! Пусть будет страшное, только бы с Гри'ашном ничего не случилось. Я начинаю раздеваться, глядя на это самое у дяди Саши, и тут всё гаснет.

Глаза снова открываются. Вокруг — толпа богов, они чему-то очень сильно радуются, а на помосте, прямо перед моими глазами — Гри'ашн! И снова меня уговаривают, но на этот раз — занять его место. На это я согласна! Пусть я умру, но он будет жить! Он должен жить! Я уже готова выкрикнуть своё признание, но мой самый близкий улыбается, и я обнаруживаю, что не могу говорить. Что-то подсвечивает его тело изнутри, боль пронизывает всё моё существо и....

Я бросаюсь к Гри'ашну, чтобы обнять, поцеловать, теперь я знаю, как правильно. Я понимаю: это всё — Испытание, но так страшно... Сначала дядя Саша и Алёнка, желающие сделать мне больно, потом его... его...

его... В этот момент я понимаю, что не согласна жить, если его нет, просто не согласна, и всё!

Всё вокруг гаснет, и тут я вижу Гри'ашна. Но он какой-то неуловимо другой, его лицо полно брезгливости, а в руках плеть. Она свистит и обжигает меня болью, я вижу, что тому, кто изображает моего близкого, нравится моя боль, он наслаждается моим криком, поэтому бьёт, будто разрывая меня, а я уже просто хриплю — так мне больно. Он делает движение рукой, и я вдруг оказываюсь обнажённой.

Тот, кто изображает Гри'ашна, лезет своей рукой прямо *туда*, своей грубостью делая мне ещё больнее, но я уже не могу даже кричать. Я просто хриплю, чувствуя, что сейчас он сделает самое для меня страшное — то, что боги называют Избранием. По моему телу течёт кровь, я чувствую её, но ни на минуту не забываю — это не Гри'ашн, мой близкий со мной так никогда не поступит. И вот в тот момент, когда случается то, чего я боюсь больше всего на свете, всё исчезает.

Обнаружив себя за столом, я вижу весёлую Алёнку, внимательного Гри'ашна и робко улыбаюсь ему. Внутри меня ещё живет боль, как и внутри него, я же вижу и, кажется, даже чувствую. Мой самый близкий уже хочет что-то сказать, когда раздаётся звонок в дверь.

Так я узнаю, что с дядей Сашей плохо. Я ещё немного боюсь его, даже не немного, наверное, но... Гри'ашн прав, мы

— семья. Хорошо, что я умею готовить, пришлось научиться. Поэтому мы делим обязанности. Деньгами у нас занимается Гри'ашн, которого я как-то очень быстро начинаю называть Гришей — как зовёт его дядя Саша, которого я вслед за своим дорогим человеком робко зову папой.

Папа парализован, это значит — он ничего не может сделать сам, но ведь у него есть дети, и друзья ещё есть. Теперь я знаю, что такое «дружить», если бы не дядя Вася и тётя Люда, не другие папины друзья, мы бы, наверное, пропали. А так — мы живём. Ходим в школу, возвращаемся домой... Так, что у нас в холодильнике?

— Гришка! — зову я его. В магазин надо сходить, но или с Алёнкой, которой я стала почти сестрой, наверное, или со мной, потому что выбирать продукты Гри'ашн не умеет. Где бы он научился в замке богов?

— Что, свет мой? — сразу же появляется он. Очень он меня смущает, когда так называет, откуда только научился?

— В магазин надо... — тихо произношу я, прижавшись к нему. Он такой надёжный, такой волшебный, мой!

— Пойдём, — предлагает мне Гриша.

Так проходит много-много времени, но однажды я вижу, что папа шевелит рукой... И тут я как завизжу! Я, наверное, всех напугала, потому что взвизгнула от всей души, ведь папа пошевелил рукой! Сам! Гриша, кстати, это очень хорошо понимает, потому что идёт к телефону, чтобы позвонить дяде Васе.

И потом снова появляются забывшие уже о нас врачи, вокруг много людей, они помогают вывезти папу. Начинаются больницы, но мы всё равно с ним, потому что мы — семья. Мы — семья, и мы победили! Вставший на ноги папа — как чудо, как волшебство, как... даже слов таких нет, чтобы высказать. Я понимаю в этом испытании, что такое «дружба» и «настоящая семья». Кажется, что всё плохое закончилось, когда вокруг неожиданно темнеет.

Я обнаруживаю себя идущей рядом с Гришей, а Алёнка держится от нас поодаль. Играет какая-то странная, очень печальная музыка. Перед нами на машине виден ящик, похожий на гроб, а рядом с нами идут люди с хмурыми лицами. Тут Алёнка резко поворачивается ко мне.

— Ты! Это ты виновата, что папа умер! — кричит она. — Инопланетяшки проклятые! Будьте вы прокляты!

Не может быть! Папа умер? Из-за... из-за меня?! В груди становится горячо-горячо, я будто горю в огне и падаю на пол комнаты... Перед моими глазами всё гаснет.

# ГЛАВА ДЕВЯТАЯ

**Гри'ашн**

Калира падает передо мной на пол, она тяжело дышит, а в глазах моей родной девочки — паника. Я понимаю, дело в Испытании, которое может нас убить. Но Калира медленно приходит в себя, и хотя дрожит, но дышит. Она не может говорить, но, наверное, это от страха или ещё от чего... Мне важно узнать, сколько у нас времени, ведь по ощущениям — прошли века.

— Вы справились с Испытаниями, — звучит какой-то странный голос, совсем без интонаций. — Вам разрешён доступ.

— Возьми, — ха'арш, глядящий на меня с уважением, протягивает мне какой-то куб. — Это вместилище. Как только оно окажется в... Убежище, — интересно, почему он запнулся? — мы станем свободны.

— А как мы окажемся в Убежище? — не понимаю я, но куб беру, чтобы положить в карман — он очень небольшой.

— Вы согласны перейти? — тот же странный голос никак не выделят вопрос, хотя я понимаю, что нас именно спрашивают.

— Да! — твёрдо говорю я.

Всё вокруг мигает три раза, потом ярко вспыхивает белым светом. Я зажмуриваюсь, чтобы затем осторожно открыть глаза. Вокруг уже совсем другая комната, она выглядит очень необычной — дорожка из красной... травы, наверное, уходит куда-то в стену. Вдоль стены расположены какие-то ёмкости, а всё вокруг имеет зеленовато-жёлтый оттенок. Калира не двигается, только смотрит на меня испуганными глазами.

— Я ног не чувствую, — признаётся она хриплым шёпотом. — Совсем.

— Звездолёт «Кокхав[1]» приветствует Решающих, — произносит громкий голос с какими-то механическими интонациями. — Нуждается ли новый экипаж в помощи?

— Нам врачеватель нужен, — сообщаю я. — Калира ног не чувствует, да и мне не очень хорошо.

— Положите вашу Аль в ра'цив, — предлагает мне голос, но я просто не знаю, что это такое.

Ко мне по воздуху добирается что-то, похожее на

тележку. Наверное, надо положить туда Калиру, но она просто намертво вцепляется в меня, поэтому я усаживаюсь рядом. Голос не возражает.

— Мы здесь в безопасности? — интересуюсь я. — Высшие не найдут?

— Особи, которых вы называете Высшими, доступа сюда не имеют, — мне кажется, или в голосе промелькнула брезгливость? Впрочем, ответом я вполне удовлетворён. Теперь нужно куда-то положить куб, названный магическими слугами «вместилищем».

Тележка въезжает в какое-то зелёное помещение, украшенное полукруглыми предметами. Надпись над входом заставляет замереть. На вполне понятном языке там написано: «Медицинский отсек». Значит, здесь врачеватели? Дядя Саша… Папа рассказывал, что у них так называют врачевателей — медики.

Интересно, а я могу дядю Сашу называть папой? Это же было Испытание, значит, не по правде? А вдруг он будет против?

— Вам необходимо занять индивидуальные капсулы, — слышится тот же голос.

— Что такое «индивидуальные капсулы»? — спрашиваю я.

— Полукруглые объекты справа от вас, — сообщает мне некто.

Оглядываюсь, действительно, есть такие. Но вдвоём мы туда не поместимся, а одна Калира боится. В общем-то, можно попробовать уговорить. Немного изменило меня Испытание... Наверное, когда я за девчонок ответственность почувствовал. И за папу, конечно.

— Ты не испугаешься лечь сюда? — интересуюсь я у моей самой лучшей девочки. В её глазах читаю ответ. — Есть ли вариант нам лечь вместе?

— Индивидуальные капсулы рассчитаны на одного разумного, — отвечает мне голос.

Я задумываюсь о том, что делать в такой ситуации. Калира боится, что после всего пережитого неудивительно, но ей нужна помощь. Я медленно и осторожно беру её на руки. Мне очень тяжело, но другого выхода просто нет. В глазах темнеет, я кусаю себя за губу, чтобы протянуть ещё немного, но сил не хватает. Я опускаю её обратно и сажусь рядом. Что со мной происходит — не понимаю. Возможно, и мне Испытания дались нелегко.

— Я согласна, — шепчет Калира. — Только ты...

— Я буду рядом, — обещаю я ей. — Только ты не бойся, нам тут не причинят вреда.

Эх, мне бы быть так уверенным в своих словах... Но ничего не поделаешь, выбора просто нет. Ещё раз напрягшись, поднимаю её и аккуратно кладу в то, что голос назвал капсулой. Калиру накрывает какой-то прозрачной крышкой, сквозь которую мы смотрим друг на друга, пока она не закрывает глаза.

— Что с ней? — вырывается у меня вопросом страх. — Что с ней сделали?

— Разумная спит, — отвечает мне голос. — Займите капсулу для медицинской помощи.

Делать нечего. Я ложусь во что-то мягкое, как будто ластящееся ко мне, а в следующее мгновение засыпаю. Сначала перед глазами темно, а затем я вижу знакомый папин кабинет и Калиру. Она жива!

— Я ног не чувствую, — признается мне Калира, когда я бросаюсь к ней. — Совсем не чувствую... Что со мной?

— Всё будет хорошо, — обещаю я ей. — Нас вылечат, обязательно!

— Что случилось? — слышу я обеспокоенный вопрос папы. И снова меня обуревают страхи: если я его так назову, он не рассердится?

— У нас были Испытания, — отвечаю я, повернувшись к папе. — Нам пришлось срочно, даже посоветоваться не могли...

Папа подходит к нам, чтобы обнять и меня, и Калиру, а я просто не знаю, как он отреагирует. Нужно рассказывать, но как рассказать о таком? Я тяжело вздыхаю, но папа меня не торопит. И вот тут начинает говорить Калира.

— Нас должны были убить ночью, — произносит она, жалобно посмотрев на него. — Поэтому Гри... — она запинается, но потом уже увереннее продолжает: — Гриша решил проводить ритуал Убежища. Но ритуал — это Испытания. Я даже боюсь представить, что было у него, а у меня...

— А Алёнки нет? — прерываю я её.

— Алёнке очень страшный сон приснился, — говорит папа. — О вас и обо мне. Как будто меня парализовало... Она боится спать.

— Ой... — не знаю, кто это произнес, Калира или я. — Она увидела наше Испытание?

Разумеется, папа наводящими вопросами быстро выудил у нас всё, что мы видели. Сначала я рассказывал, а потом уже Калира. Оказывается, у неё было на одно видение больше, и вот то, самое последнее, оно почти убило мою девочку. Рассказывая о том, как шла за гробом... папы, Калира горько плакала у меня на руках.

— Теперь она не чувствует ног, папа, — ну вот, я его так назвал.

— Папа так папа, учитывая, что вы пережили, — кивает нам папа. — Идите ко мне, дети, и расскажите, что происходит сейчас.

— Нас лечит какой-то голос, — пытаюсь ему объяснить я. — И ещё он сказал «звездолёт», но что это, я не знаю.

— Это корабль, умеющий летать от мира к миру, — в задумчивости отвечает мне он. — Попробуй выяснить, как им управлять. Должно быть какое-то вместилище знаний.

Я соглашаюсь, а потом рассказываю ему о том, кем для меня стала Калира. Мне интересно, как это называется, и папа объясняет мне, как именно называется подобное. Красивое слово... Любовь...

## Калира

Алёнка видела все наши Испытания? Она меня, наверное, после этого возненавидит... Она точно меня возненавидит, потому что это из-за меня же. Но наш папа как будто понимает, о чём я думаю, он обнимает меня, гладит и говорит не думать о плохом. А как же не думать, когда у нас вот так?..

— Алёнка не будет к тебе плохо относиться, — убеждает меня папа, а я разрываюсь на части. Как же ему не верить?

Сон проходит как-то очень быстро, хотя рассказ и мне, и моему «любимому» даётся непросто. Это папа сказал, как называется то, что мы чувствуем друг к другу. Он говорит, что такое бывает, когда пытают на глазах друг друга — или чувства становятся сильнее, или меняются на нехорошие, но нам повезло, значит.

Я открываю глаза и обнаруживаю себя лежащей в тёплой мягкой капсуле. Так её назвал тот голос. Только я одетой ложилась, а теперь полностью раздета, как перед наказанием, от этого страшно становится. Гриша... Да, я его теперь называю, как папа, потому что папа же не может ошибаться, правильно? Гриша подходит ко мне, он одет в серебристую одежду, покрывающую всё его тело, она странная, но красивая.

Тут я понимаю, что ног я всё равно не чувствую, поэтому очень жалобно смотрю на любимого. Мне страшно, но не так, как раньше, а иначе, и свет не гаснет. Не могу объяснить.

— Физические повреждения излечены, — сообщает всё тот же механический голос. — Но не над всем мы властны.

— Калира не чувствует ног, — произносит всё понявший Гриша. — Почему?

— Причина лежит в душе, — звучит в ответ. — Нужен целитель душ. А пока для неё есть транспорт.

Гриша как-то очень легко берёт меня на руки и перекладывает на какую-то лежанку. Потом наклоняется — и у него в руках появляется что-то серебристое. Мой любимый начинает меня одевать, поглаживая, отчего мне очень тепло, и страх куда-то пропадает.

— Не надо бояться, мы в безопасности, — говорит мне Гриша. — Сейчас оденемся и двинемся питаться, хорошо?

— А как же я? — удивляюсь, ведь я, наверное, теперь только ползком могу... Но тут в комнату влетает нечто, похожее на небольшую лодочку.

— Наверное, это для тебя, — произносит мой любимый. — Давай я тебя пересажу?

— Давай, — соглашаюсь я, потому что всё равно выбора нет.

Внутри оказывается очень уютно, а прямо возле правой руки появляются вполне понятные обозначения — вперёд, назад, налево, направо. Мне немного страшно, но совсем не так, как раньше. Кажется, это страх смешанный с любопытством, и постепенно я успокаиваюсь. Теперь надо двигаться туда, куда говорит Гриша. Наверное, он расспросил голос, пока я просыпалась.

— Голос зовут Кокхав, — говорит мне мой любимый. — Он здесь главный, но не живой, а сделанный. Сейчас мы пойдём в едальню, а потом — во вместилище знаний, чтобы понять, как здесь всё устроено. Может быть...

Я понимаю, что он не договаривает: может быть, есть возможность попасть к папе и Алёнке? Пусть она меня даже побьёт за всё, но только чтобы... Только чтобы была. Не знаю, почему я к ней так отношусь.

Моя лодочка скользит плавно, я даже не ощущаю движения. Гриша идёт рядом, рассказывая всё, что успел узнать. Оказывается, мы находимся в какой-то тайной башне, куда нет пути богам, значит, мы защищены. Но многое понять я не могу, даже сжимаюсь от страха. Гриша меня гладит и успокаивает тем, что здесь нас наказывать некому. Это действительно помогает, поэтому, когда мы доходим до едальни, я уже спокойна.

Здесь всё выглядит необычно, но очень многое я просто не могу описать — у меня нет таких слов. Овальные окна, закрытые чем-то чёрным. Овальные столы и стулья необычной формы, но это точно стулья. И ещё еда... Она совсем необычная, кроме того, появляется сама на столе. А вот столовых приборов немного — ложка, вилка, ещё одна вилка и ложечка маленькая, наверное, для какой-то специальной еды.

Гриша напрягся, аккуратно берясь за ложку, но ничего не случилось. Перед нами в тарелках — кашевидная масса синего цвета. Такую положено есть вилкой, но ложкой оказывается действительно удобнее, а сама еда просто восхитительная. Я замечаю, что у меня чуть подрагивают руки, но сильно не дрожат.

— Кокхав нам дал успокоительное, — объясняет мой любимый, заметив мой взгляд. — Чтобы мы не пугались нового для себя.

— Успокоительное — это хорошо, — киваю я.

Что это такое, я знаю, мы же за папой ухаживали. Интересно, а почему Алёнке приснились наши Испытания, она же не была с нами? Надо будет поискать что-нибудь об Испытаниях, вдруг здесь есть информация. Я ловлю себя на этой мысли и понимаю, что не боюсь. Наверное, в этом успокоительное виновато, но пока можно ни о чём не думать.

Доев, я смотрю на Гришу, он гладит меня по голове и ласково улыбается. У него улыбка такая красивая, просто нет слов, чтобы описать, какая. Он поднимается из-за стола, но потом обнимает меня так, что аж дышать трудно становится.

— Как здорово, что ты жива! — шепчет мой любимый.

— И ты... — мне отчего-то хочется плакать, но я держусь.

— Кокхав! — зовёт Гриша. — Как пройти к знаниям?

— Следуйте по жёлтой полосе, — отвечает неживой голос.

Вокруг всё раскрашено зелёными тонами, поэтому жёлтая полоса сильно выделяется. Мой любимый берёт меня за руку и ведёт вдоль полосы, а я кручу головой по сторонам. По стенам пробегают огоньки, кажется, они перемигиваются друг с другом, и есть в этом сиянии что-то неуловимо родное, но вот что, я объяснить себе не могу. Ещё по стенам размещены окна, но они закрыты чем-то чёрным, и ничего не видно. Всё вокруг настолько необычное, что сравнений у меня просто нет. Думаю, рано или поздно мы узнаем, что это такое и как называется.

Стена перед нами как будто распадается надвое, и две половинки втягиваются в проёмы, чтобы открыть нам ещё одну комнату. В ней есть такие же капсулы, как в медицинской комнате, но мне кажется, чем-то они неуловимо отличаются. Я задумываюсь, а Гриша в это время допрашивает Кокхава. Ну, о том, что нам делать, конечно, хотя, я уже понимаю и сама — нужно лечь в эту капсулу.

— Обучение происходит в особом состоянии разума, — совершенно непонятно говорит Кокхав. Такой глупой себя ощущаю, что даже сзади ноет от страха.

— Нам нужно лечь в капсулу, — объясняет мне Гриша, показывая на одну, которая больше других. — Вот тут мы можем быть вдвоём и учиться одновременно.

— Вместе? — я очень сильно рада этой новости, потому что совершенно не хочу с ним расставаться, просто совсем не хочу. И любимый, кажется, тоже не хочет.

Он пересаживает меня в капсулу, сам тоже забирается внутрь, прося Кокхава рассказать нам всё с самого начала — где мы находимся, для чего существует место вокруг нас и что как называется.

— Курс начальной школы загружен, — сообщает в ответ голос. — Время обучения — два часа.

# ГЛАВА ДЕСЯТАЯ

**Гри′ашн**

Мы оказываемся за столом в хорошо освещённом классе, стены которого покрашены светло-зелёной краской. Перед столом — чёрный прямоугольник, сквозь необычно прямоугольные окна светит солнце, но самое главное — Алёнка. Наверное, целую минуту она смотрит на меня и Калиру, а потом бросается к нам с визгом, начиная обнимать.

— Калира! Калира! Я такого никогда не скажу! Никогда! — выкрикивает Алёнка. Я понимаю — речь идёт об Испытании. — Гриша! Гришенька!

— Ну, не плачьте, — я совсем не знаю, как успокаивать плачущих девочек, поэтому только обнимаю обеих и глажу.

Пока ничего больше не происходит, как будто что-то позволяет нам побыть втроём. Может быть, и позволяет... Спустя некоторое время я замечаю странно выглядящую Высшую, с теплотой смотрящую на нас и совсем не реагирующую на Алёнку, что для Высших необычно. На всякий случай встаю из-за стола, чтобы защитить, если что.

— Не бойся, ребёнок, — мелодичным, а не каркающим голосом произносит Высшая. — Я никогда не причиню вреда детям.

— Даже безухим? — удивляюсь я такому подходу, и тут она говорит такое, что у меня просто земля из-под ног уходит.

— Раса не имеет значения, важно только то, что вы — дети, — произносит Высшая.

У меня возникает ощущение, что я просто наблюдаю за всем этим со стороны — настолько невероятна её фраза. Она просто не укладывается в моём восприятии, а Калира плачет в обнимку с Алёнкой, поэтому, кажется, даже не слышит ничего.

— Кроме того, раз вы на звездолёте — значит, доказали своё право, — добавляет Высшая. — Для заключённых сюда хода нет.

— Для заключённых? — удивляюсь я. Кого она имеет в виду? Даже Калира перестаёт рыдать, прислушиваясь.

— Немного истории, — вздыхает женщина, так не похожая на жестоких Высших. — Звездолёт «Кокхав» был построен для того, чтобы вывезти на пустынную, пригодную для жизни планету всех тех, кого исторгло из себя общество Ха'ман.

— А кто... — начинает моя «любимая», испуганно затем затихнув, но Высшая улыбается ей.

— Общество Ха'ман включает в себя множество народов, выбравших своим путём созидание, — объясняет женщина. — Но, как и в каждом обществе, появляются разрушители, насильники, убийцы. Всех их общество исторгает из себя. Но убийство противно нашему народу, поэтому исторгнутые были выдворены на пустынную планету.

— Простите, — я решаюсь прервать её. — А кто именно эти «заключённые»?

— Внимание на экран, — произносит она, махнув рукой в сторону чёрного прямоугольника, на котором появляются ушастые, безухие и ещё кто-то, мне незнакомый. Незнакомые существа выглядят, как сгорбленные безухие с небольшими рогами на голове.

— А ха'арши? — удивляюсь я.

— Такая раса нам неизвестна, — качает женщина головой. — Выдворенные на планету заключённые были предоставлены своей судьбе.

— А Испытания? — тихо спрашивает Калира.

— Это шанс доказать свою разумность, — вздыхает Высшая. — Но мы не предполагали, что через подобное пройдут дети.

— Значит, Высшие и безухие... Они просто преступники... — доходит до меня.

— Да, — кивает женщина, а потом улыбается и начинает нам рассказывать о том, как устроены миры, что такое этот самый «звездолёт» и как им управлять.

Очень интересно у неё получается, даже интереснее, чем я себе мог представить. Высшая рассказывает нам о звёздах, о том, чем занимается её народ, к которому я себя не причисляю. Я хочу к папе. Просто очень хочу!

— А мы можем попасть к папе? — тихо спрашиваю я, прервав Высшую.

— К папе? — не понимает она в первый момент, но спустя мгновение, в её глазах зажигается понимание. — Вы встречаете вашего родителя во снах, правильно?

— Правильно, — вздыхает Калира. — А Алёнка к нам приходит, хотя там она — папина дочка.

— Вот как... — произносит эта женщина. — Хорошо, вы сейчас проснётесь и позанимаетесь в главной рубке. Вам нужно выяснить статус звездолёта, способен ли он взлететь... ну и так далее.

Что именно «так далее», я не понимаю. Информации оказывается как-то слишком много. Кажется, я в ней просто захлёбываюсь... Как такое может быть, просто не понимаю, но вот такое у меня ощущение — как будто захлебнулся и ничего уже не соображаю.

Открываю глаза и понимаю, что не спросил о магии. Ведь Высшие — маги, наверное, только поэтому их не перебили. Известие о том, что они считаются преступниками и сюда точно не попадут, сюрпризом не стало... Надо вставать.

— Ты улыбаешься, — замечаю я улыбку любимой.

Не знаю, что в точности означает это слово, но раз папа сказал, что оно правильное, то буду использовать. Калира моя улыбается, робко как-то, но как будто подсвечивается изнутри. Я понимаю — мне очень нравится её улыбка. Волшебная просто.

— Встаём? — спрашивает она меня, я киваю, поднимаюсь, чтобы пересадить её в «лодочку».

Кажется, появление Алёнки хоть немного успокоило Калиру. Это очень хорошо, потому что от страха можно заболеть. А сейчас мы пойдём... наверное, сначала поедим всё-таки, а вот потом попросим звездолёт показать нам рубку, чтобы знать, что отвечать той Высшей. Как она сказала? И так далее?

Так странно, когда надо мной не висит опасность наказания. Необычное ощущение, как будто попал в рай. Это такое сказочное место, в котором не наказывают, а всё словами объясняют. Вот и мы сейчас в каком-то таком месте оказались, по моим ощущениям. Странно, после Испытаний я будто стал взрослее, а Калира, кажется, наоборот. Надо будет папу потом спросить, почему так.

— Кушать хочешь? — спрашиваю я свою любимую.
— Немножко, — робко отвечает она.

— Пойдём, — предлагаю ей, запомнив, где находится едальня. Очень важное место, между прочим.

— Пойдём, — протягивает мне руку улыбающаяся Калира.

Какая же она всё-таки солнечная! Очень хорошая у меня девочка, никому её не отдам и никому больше не позволю сделать ей плохо. Теперь мы в безопасности, я очень хочу в это верить. Пока получается, хотя иногда, конечно, возвращается страх, но тут никого нет, кроме того самого голоса, который, похоже, совсем не хочет нам зла.

Пока идём, я разрешаю себе немного помечтать. Очень хочется однажды попасть к папе. Может быть, эта необыкновенная Высшая знает способ? Я согласен почти на всё, лишь бы это было возможно. Как бы это узнать?..

Вот и едальня, она не меняется, только еда нас уже ждёт. Необычная и совершенно незнакомая, как в замке, но здесь за ошибку не наказывают. Я понимаю, почему с нами так обращались после ритуала — у нас изменился статус, но Высшие же не могут быть честными, вот и решили, наверное, сжить со свету таким способом, а когда не вышло…

## Калира

Рубка оказывается такой же комнатой, как и другие, только огоньков больше и столы полукруглые. Прямо перед ними на всю стену расположено, кажется, окно, но оно совсем чёрное. Я смотрю на Гришу, не понимая, что нужно делать.

Хорошо, что Алёнка меня простила, ну, кажется. А ещё мне кажется, что я становлюсь какой-то очень маленькой. Ну, не совсем проваливаюсь в детство, а просто хочется спрятаться и ничего не решать. А ещё хочется к папе, только пока это мечты, а если... Хотя, положа руку на сердце, пока мы во сне — это одно, а в реальности нужны ли ему мы? Я не знаю ответа на этот вопрос и думать мне о таком не хочется.

— Кокхав, — зовёт Гриша. — Нам сказали, что нужно узнать статус звездолёта, может ли он взлететь, ну и так далее.

— Звездолёт полностью исправен, двигатели на консервации, — сообщает нам Кокхав. — Силовая установка функционирует. Работает внешнее поле иллюзии.

— А что это такое? — интересуюсь уже я, потому что слишком много непонятных слов.

— Поле иллюзии позволяет влиять на организмы посредством... — остальное звучит для меня, как «трям-брям-хрям» или как-то похоже.

Не понимаю ни слова, кроме того, что нам это поле не нужно, а если его отключить, то ничего плохого не случится. Кажется, мой любимый понимает, о чём говорит Кокхав, значит, спрошу его потом. Он садится за один из столов, а я чувствую себя уставшей, поэтому просто откидываюсь на спинку своего средства передвижения.

Просыпаюсь я оттого, что Гриша гладит меня по волосам. По большому окну, которое перед столом, бегут какие-то символы и строки, но я их не понимаю, зато мой мальчик, наверное, понимает, потому что он жутко умный.

— А что такое это поле? — спрашиваю я его.

— Это и есть магия Высших, — отвечает он мне. — Какой-то... хм... артефакт. Он заставляет поверить в то, что магия — это на самом деле.

— Значит... Если его убрать, то не будет магии? — спрашиваю я.

— Наверное, — пожимает он плечами. — Но тогда Высших безухие просто на фарш пустят.

Он прав... Мой Гриша прав, если отключить магию, то люди рано или поздно это поймут, и будет бойня. Мне не жалко ни богов, ни людей, но вот правильно ли это? Надо папу спросить, потому что я не знаю, как правильно. А остроухой тёте ещё не доверяю.

Магия ненастоящая, получается. Просто люди верят в то, что их убивают, и умирают? Но ведь нам было по-настоящему больно! Значит, что-то существует, а если это что-то существует, значит, магия полностью не исчезнет... Или исчезнет? Я запуталась. Знаний мало. Наверное, мы для этих знаний не доросли, но ничего не трогать и оставить всё как есть — тоже неправильно.

Мы сидим здесь уже почти весь день, и скоро можно будет уже пойти к папе и... Алёнке. Интересно, она меня действительно простила или только так говорит? Ну, чтобы я не плакала? Как узнать, что она обо мне думает на самом деле? Не знаю... А спрашивать страшно, очень страшно мне спрашивать.

А ещё я стала этим словом... Пока вокруг никого, кроме Гриши, всё хорошо, но вот что будет, если вдруг кто-нибудь появится? Нужна ли папе... калека? Пока папы нет, но, может быть, однажды будет? Или не будет? Вот сколько вопросов, а ответов на них нет. И от этого становится страшно, потому что хочется заранее судьбу знать.

— Пойдём к папе, — решает Гриша.

Он и сам теперь себя так называет, потому что не хочет быть тем, что означает его имя. А Гриша — это ласково. Может быть, и мне переименоваться, только в кого? Надо папу спросить. И мы уже идём спрашивать папу, потому что у нас очень много вопросов. А куда мы идём?

— В спальню мы идём, — отвечает мне мой любимый.

Надо будет папу расспросить подробнее, что значит это слово. Я чувствую, что оно правильное, но полностью его не понимаю.

— А откуда ты знаешь, где спальня? — задаю я очень глупый вопрос.

Я сама понимаю, что вопрос глупый, потому что нас ведёт жёлтая линия, но просто чувствую необходимость задавать как можно больше вопросов, как маленькая. Может быть, я просто чего-то боюсь? Но чего я могу бояться, ведь со мной же Гриша! А он останавливается и обнимает меня. Очень ласково. Я замираю, уткнувшись носом в его одежду, не знаю, как она называется.

— Не бойся, моя хорошая, — говорит мне мой Гриша, поглаживая по голове, что очень приятно, оказывается.

А ещё оказывается, что одежда сама чистит тело, и в душ не надо, хотя утром хорошо бы, чтобы проснуться. Ну, это я так думаю, хотя какой здесь душ, ещё не знаю, просто не видела. Ну а раз не надо в душ, то можно сразу укладываться спать. Для спанья в небольшой круглой комнате есть капсула — она круглая и тоже может закрываться сверху. А вот почему здесь везде именно капсулы, я не знаю. Может, так принято, или ещё почему-то... Кажется, тот сон, где мы ухаживали за папой, избавил меня от страха, ведь там мы были семьёй. А быть семьёй оказалось так сказочно, даже несмотря на всякие трудности, мне очень понравилось.

Гриша обнимает меня, а потом помогает снять одежду, которая не знаю, как называется. Я совсем не боюсь остаться голой, просто знаю, что он мне ничего плохого не сделает. Но вот сейчас замечаю, что шрамы, те, которые после наказаний оставались, они исчезли! И Гриша тоже уже не выглядит, как только что из измельчителя. Это значит, нас полечили? А почему тогда мои ноги — нет? С этой мыслью я проваливаюсь прямо в папин кабинет.

— Папа, папа! — не выдерживаю и пытаюсь броситься к нему, но только падаю на пол с дивана, потому что во сне мои ноги тоже не работают.

Ну, я почти падаю, Гриша успевает меня поймать. А папа просто берёт меня на руки и усаживает обратно, садясь рядом. Тут появляется Алёнка, улыбается и бежит к нам. Миг — и она сидит рядышком. Нас, девочек, обнимают Гриша и папа. Это так приятно, просто не сказать как.

— У нас тысяча вопросов! — с ходу озадачиваю я нашего папу, который чему-то улыбается. — Оказывается, магия ненастоящая! Ну, почти, по-моему! И мы можем её отключить!

— Очень интересно, — соглашается он, поглаживая меня и Алёнку попеременно. — Расскажешь?

Я киваю и начинаю почти взахлёб рассказывать обо всём, что нам удалось узнать. Папа слушает очень внимательно, а ещё Гриша время от времени комментирует. Оказывается, у нас мысли почти одинаковые. Наверное, это что-то значит, но об этом я потом спрошу.

— Лира, а ты... ой, — осекается Аленка, а я понимаю, что имя Лира мне нравится больше, чем Калира. Я хочу такое имя!

— Ничего не ой, — быстро говорю я ей. — Я согласна на Лиру, красивое имя, мне нравится.

— Правда? — удивляется она. — Тогда ура!

— Ура! — восклицаю я одновременно с ней. — А то Гришка переименовался, а я — нет... А я, может, тоже ласковое имя хочу!

— Ой, дети, — качает папа головой, но как-то очень ласково, потому что не сердится. Это же хорошо, что он не сердится, правда?

## ГЛАВА ОДИННАДЦАТАЯ

**Гри′ашн**

— Значит, это звездолёт, — задумчиво говорит папа. — Нужно выяснить, имеете ли вы право отдать команду на взлёт, и что будет в таком случае.

— А если нет? — тихо спрашиваю я.

— Тогда будете учиться, пока не сможете, — объясняет мне самый лучший человек на свете. — А там попробуем разобраться, где вы находитесь.

— Хорошо, папа, — соглашаюсь я.

Отголосок испытаний ещё живёт во мне, но я хотя бы кошмаров не вижу, потому что у нас сны — это встречи с папой. А отсутствие кошмаров — это уже хорошо, так папа говорит, а он знает. Я провожу эти часы нашего сна в разговорах и надежде однажды обнять его в реальной жизни.

— Папа, а что такое «любимый»? — спрашивает Калира.

Этот вопрос меня тоже интересует, потому что папа сказал нам, как оно называется, но вот что это такое, мы не понимаем. И тут начинает говорить Алёнка. Интересно, у неё тоже есть любимый? Какой он? Я слушаю девочку, ставшую нам сестрой, затаив дыхание. Всё, что она говорит, такое интересное! Мы с Калирой такого никогда и не знали.

Самое важное, что сказал нам папа — раз все живущие на планете нехорошие, особенно остроухие, то и нечего их жалеть. Выживут — хорошо, а не выживут — так им и надо. Я припоминаю всё, что делают Высшие с другими, и соглашаюсь. Пусть будет, как правильно, и незачем думать об этом.

Поэтому, проснувшись, я одеваюсь сам и одеваю Калиру. Она хочет называться Лирой, я не против, потому что она — лю-би-мая. Теперь я немного лучше понимаю, что значит это слово, признавая папину правоту: Лира действительно моя любимая. Нам очень срочно нужно в рубку, но сначала поесть, а потом в рубку, спрашивать, может ли звездолёт взлететь.

— Я сегодня сама кушаю, — сообщает мне моя самая-самая. — А потом быстро бежим в рубку, да?

— Хорошо, — я тоже загораюсь этой идеей.

Несмотря на то что я не понимаю, что это значит для нас, я хочу к папе. Очень сильно хочу — так, что голова совершенно не думает. Наверное, это не очень хорошо, ну то, что голова не думает. А пока у нас завтрак. На завтрак оказывается что-то коричневое, на вкус сладкое, но совершенно незнакомое.

— Кокхав, — интересуюсь я у звездолёта. — Как называется то, что мы едим?

— Каша еладим, — абсолютно непонятно отвечает мне Кокхав. — Детская.

— Поэтому она сладкая? — спрашиваю я.

— Дети любят сладкое, а полезное — не очень, — слышу я в ответ.

От этого ответа хочется улыбнуться, а надо бы задуматься, потому что нас сочли детьми. Но сейчас я об этом не думаю. Я хочу поскорее доесть и отправиться в рубку. Нам очень нужно узнать, можем ли мы попасть к папе. На самом деле тот факт, что я совершаю ошибку, до меня дошёл не сразу, а только потом.

Лира тоже доела, поэтому мы переглянулись, двинувшись в сторону рубки. Я уже выучил её расположение, в замке надо было запоминать с первого раза, если не хочешь боли. Я не хотел и не хочу. Лира моя тоже не хочет боли, устали мы от боли и очень хотим к папе. Кажется, все мысли сводятся к тому, что хочется к папе.

Рубка встречает нас красивыми огоньками, и вот

именно здесь, как понимаю гораздо позже, я делаю эту ошибку.

— Кокхав, — негромко зову я звездолёт. — А ты можешь взлететь в этот... кос-мос, — выговариваю я непривычное слово. — Ну, за пределы планеты.

— Какова причина покидания планеты? — интересуется Кокхав.

— Мы к папе хотим... — вырывается у меня. — Там Алёнка, там наш дом, ну... Ну, пожалуйста!

Кажется, я сейчас заплачу, у Лиры тоже глаза мокрые. Я с надеждой смотрю в экран, а Кокхав молчит, никак не отреагировав на крик моей души. Надежда медленно умирает. Получается, что нельзя взлететь и отправиться к папе... Значит, мы будем встречаться только во снах.

— Не плачь, не надо, — обнимаю я Лиру, она тоже всё понимает так же, как и я. На душе будто камень лежит.

— Принято решение об эвакуации детей с планеты, — звучит голос звездолёта. — Отключаю внешние потребители, подготовка к взлёту два зуав.

— А что такое зуав? — спрашиваю я, пытаясь успокоить плачущую любимую.

На большом окне появляется круг, на котором красным горят два сектора, а рядом какие-то уменьшающиеся цифры. Я пытаюсь посчитать про себя, получается, что около полутора часов. Значит... Значит, мы взлетим? Мы полетим к папе?

— Мы полетим к папе? — сквозь слёзы спрашивает моя девочка.

— Мы летим домой, — отвечает мне Кокхав.

И этого мне достаточно, потому что мой дом — это там, где папа. Мысль о том, что у Кокхава может быть иное понимание слова «дом», в голову мне не приходит. Я просто радуюсь самому факту того, что мы летим домой.

Неожиданно оживает большое окно, и я вижу долину, а вдали встаёт город. Судя по высоте, мы в одной из двух башен замка. Значит, одна из башен — это звездолёт? Интересно, как отреагируют Высшие? В этот момент картинка в окне мигает, и я понимаю, что исчезла дымка. Замок Высших всегда окружает дымка, к которой не могут подойти... люди. И вот теперь она исчезла, да ещё и город людской как-то вдруг оказался ближе. Это звездолёт начал делать то, что сказал?

— Город... — шепчет Калира.

Она подплывает поближе в своей лодочке и обнимает меня обеими руками, прижимаясь. Я чувствую её дрожь, поэтому просто глажу по голове. Ей так нравится.

— Вот там я жила, — показывает она рукой куда-то. — Там меня... мне...

— Не надо, не вспоминай, — прошу я её.

Мы смотрим, замерев, на город.

Пол под нашими ногами начинает едва заметно дрожать, откуда-то доносится низкий гул. Я вижу, как в городе замирает движение, люди, кажущиеся отсюда муравьями, куда-то убегают. Наверное, они боятся, ведь Высшие их убивают, мне Калира рассказала.

— Включён круговой обзор, — раздается голос Коквава. — Завершающая стадия. Примите сидячее положение.

Из кресла и из пола выстреливают какие-то ремни. Меня прижимает к креслу, в котором я сижу, а лодочку Калиры что-то привязывает к полу. Что происходит, я не совсем хорошо понимаю, но выбора у меня всё равно нет, поэтому я не нервничаю.

Наверное, я просто устал бояться, поэтому сижу спокойно. Моя невозмутимость успокаивает и Лиру, я же вижу, поэтому она постепенно перестаёт дрожать. В окне, загораживая город, появляются цифры — от двух десятков они меняются, стремясь, как я понимаю, к нулю. Папа меня многому научил, и считать тоже.

Интересно, что случится, когда станет ноль? Это же что-то значит?

## Калира

Гудение нарастает, а я совсем не боюсь. Только обнимаю моего любимого. Что бы ни принесло нам это странное гудение, мы встретим его вместе. Я смелая, когда Гришка рядом, потому что он мне всё уже доказал. И я ему, наверное, тоже. Папа прав, мы будем с ним всегда, потому что так правильно.

Город в окне начинает дрожать, как будто боится нас, и вдруг уменьшается. Медленно уменьшается, уходит в сторону, перед глазами появляется чёрный замок богов, но он, кажется, сломался, потому что у башни кончик отломан. Мне кажется, что замок становится меньше, сначала медленно, а потом — я это уже вижу — он будто проваливается вниз.

Дрожание внезапно пропадает, а перед нашими с Гришкой глазами — небо. Оно сначала синее, потом чернеет, чернеет и становится совсем чёрным, с редкими огоньками в нём. Я понимаю — это звёзды... Значит, или наступила ночь, или ещё что-то случилось. Уже хочу спросить звездолёт, но тут за окном появляется что-то необычное — огромный шар.

— Что это? — удивлённо спрашиваю я.

— Так выглядит покинутая вами планета, — сообщает мне Кокхав. — Производятся манёвры, вы можете отдыхать.

— А как мы попадём к папе? — спрашиваю его я, но меня оставляют без ответа.

Не знаю, почему так. Буду просто надеяться на то, что нас не унесёт не знаю куда, и я смогу однажды обнять папочку. Есть какое-то странное предчувствие, есть. Голубоватый шар за окном начинает отдаляться, значит... А что это значит?

— А почему шар отдаляется? — интересуюсь я.

Гриша задумывается, но неожиданно отвечает звездолёт. Я уже думала, он меня игнорирует, хотя не знаю, почему.

— Звездолёт производит предстартовый манёвр, — произносит Кокхав. — Мы направляемся на материнскую планету, где вы сможете задать этот вопрос.

— Зачем на материнскую? — не понимаю я. — Я к папе хочу!

— Вы зададите свой вопрос на материнской планете, — отвечает мне бездушный голос звездолёта.

— Значит... Значит, мы не к папе? — доходит до меня.

Отчаяние буквально накрывает с головой, я плачу. Просто понимая, что нас опять не спрашивают, я горько плачу, а Гришка обнимает и гладит меня, стараясь успокоить, хотя и сам едва держится, я же вижу! Ну за что?! Почему нельзя просто отвезти нас к папе? Почему?!

Гришка уводит меня из рубки, что сейчас делать, я просто не знаю, а мой самый-самый просто гладит меня, наверное, придумывая, как отвлечь. Я понимаю! Я всё понимаю! Но... Но я так надеялась! Зачем нам эта материнская планета?

— Пойдём, поучимся, — предлагает мне Гриша, на что я киваю, хотя учиться совсем не хочется.

— Как скажешь, — отвечаю я ему.

Мы движемся в сторону того места, где нас учат. Надо же узнать, куда нас уносит гадкий звездолёт. Гриша тяжело вздыхает и как-то очень виновато смотрит на меня.

— Это я виноват, — говорит он. Я замираю — в чем он виноват?

— Ты не виноват! — восклицаю я. — Ты не можешь быть ни в чём виноватым!

— Я сказал Кокхаву, что мы домой хотим, — объясняет мне он. — А домой у нас и у него...

Я всё равно не понимаю, ведь для нас дом — это там, где папа и Алёнка. Я обнимаю моего самого-самого, рассказывая ему, что он всё равно не виноват. Так мы доходим до капсулы. Гриша пересаживает меня внутрь, затем ложится сам. Я уже готовлюсь учиться, несмотря на то, что хочется мне плакать. Просто плакать без остановки, и всё.

— Ты всё правильно сказал, — говорю я ему. — Просто он гадкий и нас не любит.

Гриша ничего не отвечает, потому что в этот момент мы оказываемся опять в классе. Чуть погодя появляется и Алёнка, она сразу же кидается ко мне, а папы нет. Наверное, потому что не ночь, и он на работе... А почему Алёнка? Не замечаю сама, как спрашиваю вслух.

— Мне... ну... после того... — Алёнка прижимается ко мне, закрывая глаза, а Гришка обнимает нас обеих. — Я плохо сплю, поэтому днём досыпаю.

— Бедная сестрёнка, — гладит её мой самый-самый.

— Вы вернулись, — констатирует богиня, появившись в классе. — Глаза мокрые, а девочка плачет. Что случилось?

РАЗДЕЛЕННЫЕ СНОМ

— Кокхав летит на какую-то материнскую планету, хотя я его просил нас к папе отнести! — восклицает Гришка.

— Кокхав — не живой, — начинает объяснять остроухая богиня. — Он отвезёт вас туда, где есть разумные, чтобы они могли помочь.

— А почему нельзя сразу к папе? — интересуюсь я, просто отказываясь принимать её аргументы.

— Ну, малышка, — какая-то она слишком добрая для учителя. — Откуда звездолёт знает, где находится ваш папа?

Я задумываюсь о том, что она права, ведь папа же к нам приходит, а не к звездолёту, правильно? Значит, Кокхав не знает, а летит на эту материнскую планету, чтобы спросить. И тут я пугаюсь — а вдруг там нас слушать не будут и вообще разлучат? Я не согласна без Гришки!

— Чего ты испугалась? — спрашивает меня самый-самый. — Нас никто не разлучит, они не могут быть такими жестокими!

— Никто не разлучит любящие сердца, — подтверждает богиня его слова. — Это противно принципам нашего сообщества.

Нельзя сказать, что эти слова меня успокоили, но выбора нет. Богиня начинает нам рассказывать про эту самую материнскую планету, а мне кажется, что она живая, хотя живых на звездолёте, кроме нас двоих, нет, если верить Кокхаву. Странное название, но, наверное, оно что-то да значит... Правда, что именно, я не знаю.

— Главное, не нужно бояться, — как-то ласково говорит богиня. — Вам никто не причинит зла. А теперь вам пора просыпаться.

А я не хочу, потому что здесь Алёнка. Жалко, что нет папы, но она же тут, и я совсем не хочу с ней расставаться. Я бы осталась во сне навсегда, но это совсем невозможно, а жаль. Я же большая уже и понимаю, что есть невозможные вещи, хотя так бы сама полетела к папе, если бы могла!

Но тут от нас ничего не зависит, я понимаю это, когда класс сменяется потолком комнаты, где мы учимся. Потолок зелёный, он переливается цветом, как волнами, отчего на душе становится спокойнее. Может быть, нас всё-таки не обманывают? Может же такое быть? Ну, пожалуйста...

— Экипажу приготовиться к манёвру сближения, — слышу я голос звездолёта.

Что это значит, я не понимаю, но чувствую — сейчас что-то изменится, поэтому надо вставать. Понимает это и Гриша, со вздохом садясь в капсуле. Наверное, мы куда-то прибыли, потому что зачем ещё говорить непонятные слова?

# ГЛАВА ДВЕНАДЦАТАЯ

**Гри′ашн**

Высшая права — звездолёту-то откуда знать, где наш дом и наш папа. Но именно её слова помогают мне осознать, что мечты могут оказаться только мечтами, а на материнской планете и похуже может быть... Хотя, куда хуже, я не очень понимаю, но думаю, что у Высших фантазии достаточно.

Мы отправились в рубку, чтобы узнать, что происходит. Лира с мокрыми глазами, она так и заболеть может. Звездолёт-то её вылечит, но всё равно... Мне-то что делать? Я был отбросом, потом едва не был убит Высшими, за что мне их любить? И за что им любить нас? Они же — не папа.

— Что происходит? — спрашиваю я, едва войдя в

рубку, потому что на экране — так называется большое окно в рубке — черным-черно.

— Мы остановлены в карантинной зоне материнской планеты, — отвечает мне равнодушный голос нашего звездолёта.

Что такое карантинная зона, я не знаю, надеясь только на то, что хотя бы мучить не будут, а если и будут, то только меня. Я выдержу, а любимую не дам. Такое чувство, что я — просто песчинка, которую носит ветром. Посмотрев на чёрный экран, я решил пойти поесть. Отвернувшись, я не увидел изображения, появившегося на экране, но Лира вскрикнула, и я развернулся, чтобы закрыть её от любой опасности.

Экран больше не был чёрным. На нём была видна какая-то комната, в которой сидел Высший. Сурово сдвинутые брови и развёрнутое к нам ухо говорили о том, что... сейчас будет больно. Я закрыл глаза, чтобы не видеть, как именно сделает мне больно Высший.

— Ребёнок, — раздаётся незнакомый голос. Кажется, в нём нет угрозы, а что есть? Я не знаю. Высший не может быть добрым. — Где твои родители, ребёнок?

— Поиздеваться решили... — шепчет Калира из-за моей спины.

— Двое детей? — вот теперь я слышу, что Высший удивлён.

— Не мучайте Калиру! — решаюсь попросить я. — Вам же всё равно, кого, возьмите меня вместо неё!

— Не понял, — заявляет Высший. — Зачем мучить?

— Вы иначе не умеете... — я раскидываю руки, чтобы защитить мою самую-самую. Получается, звездолёт нас предал. Обещал безопасность, а привёз в страшное место — прямо к Высшим.

— Ребёнок, тебе не причинят вреда, — произносит Высший, но я ему не верю.

Высшим верить нельзя, я для них — отброс, а Лира вообще отродье, они не считают нас ровней, а значит, могут сделать что угодно. На меня смотрит с экрана сейчас воплощение кошмара моего детства, он так похож на Высших — своими бровями, одеждой, цветом глаз. Значит, он Высший и есть, а мне надо готовиться к боли.

Экран гаснет, на нём опять чернота, а я просто опускаюсь на пол, понимая, что ничего ещё не закончилось. Но я хочу узнать, за что? Почему-то в этот момент Высшая из класса обучения не вспоминается, а вспоминаются те, кому нравилась моя боль, мой крик, мои слёзы...

Хочется расплакаться, но нельзя, потому что Лира же рядом. Я просто обнимаю её, садясь спиной к экрану. Я не хочу видеть Высших, не хочу знать, что с нами сделают.

— Кокхав, за что? — тихо спрашиваю я звездолёт. — Почему ты привёз нас к тем, кто любит мучить таких, как мы? Ну за что?! Что мы тебе такого сделали?! — я уже кричу, не в силах сдержаться. Это предательство меня, пожалуй, ударило сильней всего.

— Ни один из тех, кого боятся ятом, не попадёт на

борт, — слышу я голос звездолёта. Я не знаю, о чём он говорит, и уже не верю ему.

— Нас предали? — интересуется Калира. — Нас теперь замучают и убьют, да? Мы никогда не попадём к папе?

— Я сделаю всё, чтобы ты прожила подольше, — говорю я ей. — Давай поедим, может быть, это в последний раз.

— Зачем мне жить без тебя? — всхлипывает моя любимая, не сопротивляясь, впрочем.

Осознавать, что скоро в казавшийся таким надёжным звездолёт войдут страшные Высшие, мне сложно. Я очень боюсь возвращения боли, но ради моей Лиры готов на всё. Как же защититься? Ну как? Может быть, Высшая из класса может подсказать? Или... папа?

— Давай поедим и пойдём к папе? — спрашиваю я Лиру.

— Остаться бы навсегда там... — кажется, сейчас опять будут слёзы.

— Надо папу спросить, или... — я очень не хочу заканчивать фразу, забыв, что Лира чувствует всё то же, что и я.

— Хотя бы попрощаемся, — заканчивает она, даже не заметив моей паузы. — Мне страшно.

Маленькая моя, мне тоже страшно, буквально до ужаса страшно. Ведь это Высшие! Высшие! Что бы они ни говорили, они страшные, лживые твари, которым нравится чужая боль! Что мне делать? Как защитить мою самую-самую любимую девочку?

С такими мыслями мы доходим до едальни, снова обнаружив сладкую кашу. Наверное, так звездолёт извиняется. Тут я вспоминаю о кубе, данном нам ха'аршами. Может быть, они могут нам помочь? Или хотя бы убить нас так, чтобы не было больно? Высшие нас всё равно убьют, но разница между одним мигом и океаном боли всё-таки есть.

— Надо посмотреть, что там в кубе ха'аршей! — говорю я Лире, она задумывается, но потом улыбается.

— Высшая сказала, что не знает такую расу, — припоминает моя девочка. — Значит... Может...

Я глажу её, быстро поглощая кашу. Идея меня захватывает с головой, поэтому я очень хочу проверить. Лира тоже ест очень быстро, а затем мы движемся в нашу комнату. Я — почти бегом, да и лодочка моей девочки тоже поспешает за мной, поэтому комнаты мы достигаем очень быстро.

— Хм... И что с ним надо сделать? — думаю я вслух, нажимая на грани куба, но ничего не происходит.

— Кокхав, ты знаешь, что это такое? — я смотрю на куб, стоящий на столе.

— Универсальное хранилище знаний, — звучит ответ, заставляющий мои уши поникнуть.

Хранилище знаний... Не знаю, почему ха'арши

сказали, что без него станут свободными, может, это фигура речи такая, но понимаю — куб нас не защитит.

Я надеялся на то, что это хранилище самих магических слуг, а оказывается — хранилище знаний. Знания — вещь нужная, но защитить нас не смогут. Высшие всё равно сильнее, поэтому остаётся только пересадить Лиру и улечься в капсулу в надежде на то, что папа придёт. Кто знает, что нас ждёт завтра, а так хотя бы попрощаюсь. Даже если завтра меня не станет, у меня в жизни был папа. Самый лучший, добрый и ласковый человек на свете.

— Папочка... — всхлипывает Лира. — Мы идём к тебе, папочка...

— Надо надеяться, помнишь, папа говорил? — я опять не верю тому, что говорю, но мне очень надо, чтобы моя любимая не плакала. Просто очень.

## Калира

Я бросаюсь к папе. Ноги не ходят даже во сне, но я просто кидаюсь к нему, чтобы обнять и расплакаться. Не могу ничего сказать, только плачу. Алёнка тоже тут, и Гришка... Он сам едва держится, к нему сестра бросается. По-моему, мы их напугали.

— Что случилось, дети? — суровеет папа, когда убеждается, что успокоить нас не получится.

— Это Высшие... — сквозь слёзы выдавливает Гришка, а я просто ничего не могу сказать.

— Так, медленно, — произносит папа, я чувствую, что он ничего не понимает, мне его даже жалко становится.

Гриша начинает рассказывать о «карантинной зоне» и появившемся Высшем. Он рассказывает, а я понимаю, что тот не угрожал нам, а только хотел что-то понять. Получается, мы зря испугались? От осознания этого я перестаю плакать и задумываюсь.

— Я понимаю, сынок, — спокойно говорит наш папа, продолжая меня гладить. — С этим народом у тебя связаны очень плохие воспоминания, но даже люди все разные, могут же и твои Высшие быть разными?

— Высшие не могут быть добрыми! — выкрикивает Гриша. — Они нам точно что-то плохое сделают!

Папа... Он не убеждает Гришу в том, что Высшие могут быть хорошими. Он просто рассказывает истории из своей жизни. Постепенно и моя, и Гришкина истерика сходит на нет. Я понимаю, что мы должны дать шанс этим новым Высшим, потому что они могут оказаться хорошими. Ну или не очень плохими. Может быть, они нас выкинут к папе? Ну могут же быть чудеса на свете!

Мне так хочется чуда, ну, как в папиной сказке. Чтобы раз — и уже папа. Или чтобы эти боги сказали: «Летите к папе!» и не мучили нас. Могут ли быть боги хорошими? Я не знаю, мне всё равно страшно, а папа уже и не знает, как нам помочь, но тут начинает говорить Алёнка. Она напоминает нам об уроке.

— Но вот та остроухая тётя, она же добрая, — говорит нам Алёнка. — Она же сказала, что те, которые у вас были — преступники, может быть, остальные нормальные?

— А если она нас обманула? — тихо спрашиваю я. — Вдруг она только притворяется доброй, а на самом деле хочет, чтобы мы поверили, и вот тогда...

— Нужно попробовать с ними хотя бы поговорить, — произносит папа. — Просто поговорить. Эх, был бы я с вами...

— Папочка... — я тянусь к нему, чтобы опять поплакать. — Я плакса, да?

— Ничего ты не плакса, — вздыхает он. — После того, что с вами сделали, эти реакции неудивительны. Но, может, попробуете? Или же... хм... Во время обучения может ли кто-то из них к вам присоединиться?

— Я попробую узнать, — обещаю я, хотя совсем не понимаю, как это у меня получится. — А ты не пропадёшь?

— Никуда я от вас не пропаду, доченька, — сколько ласки в его голосе, я столько никогда не чувствовала, только он...

Папа единственный взрослый, кто меня гладит и купает в своей ласке. У меня есть только Гриша, папа и Алёнка, а больше совсем-совсем никого. И я хочу к папе.

Неужели я так много хочу? Если есть хоть кто-нибудь, выше этих богов, ну пожалуйста... Ну вот, опять плачу.

Сон проходит как-то очень быстро, а за ним приходится открывать глаза, хотя я не хочу! Совсем-совсем не хочу возвращаться в мир, где нет папы. Я обнимаю Гришу и замираю так. Мой любимый тоже не хочет вставать, я чувствую это. Он гладит меня по голове, совсем как папа, и успокаивает тихим голосом. А мне просто страшно...

— Надо дать им шанс, — Гришка, кажется, убеждает сам себя. — Папа же сказал, что не обязательно все плохие!

— А вдруг они захотят нас разлучить? — спрашиваю я. — А вдруг они из самых лучших побуждений сделают нам плохо? Они же нас не знают! Нас некому защитить, мы совсем одни!

— Не плачь, родная, не надо, — успокаивает меня любимый. — От нас всё равно ничего не зависит, мы в полной их власти...

— На борт не будет допущен ни один разумный, пока вы не будете готовы его видеть, — раздаётся вдруг безэмоциональный голос Кокхава.

— А вдруг они силой? — спрашивает Гришка, сразу же понявший, что сказал звездолёт.

— На борт не будет допущен ни один разумный, пока вы не будете готовы его видеть, — повторяет звездолёт. Звучит это окончательным решением, дарующим надежду. — После завтрака прошу прибыть в рубку для ведения переговоров.

— Хорошо, — соглашается Гришка.

— Гриша, а что это значит? — я, конечно, поняла, но мне нужно в этом убедиться. Ну, что правильно поняла.

— Значит, Кокхав не пустит сюда Высших, пока мы не согласимся, — объясняет он мне. — А мы не согласимся, потому что к папе хотим, а не к Высшим.

Значит, я правильно поняла. Интересно, почему звездолёт встал на нашу сторону после всего того, что сделал? Может быть, он хороший, но просто не умеет иначе? Решив подумать об этом позже, жду, когда Гриша меня оденет и пересадит в лодочку. Мы едем на завтрак, а потом уже будут эти... переговоры. Наверное, боги будут пугать и угрожать, делая очень страшно, они же по-другому не умеют... Но нас защищает Кокхав, значит, можно не бояться?

Вот и едальня. Сегодня в тарелках нас ждёт что-то воздушно-голубое, пахнущее свежестью и ещё чем-то непонятным. Я осторожно трогаю это вилкой, а потом пробую — очень вкусно. Непонятная еда просто тает на языке, а на душе становится как-то спокойнее. Волшебная какая-то еда здесь, я такой в прошлом и не видела даже, не то чтобы пробовать. Напротив меня наслаждается завтраком и Гришка. Надеюсь, это не последний наш завтрак.

Хотя папа уверен в том, что Высшим нужно дать

шанс, мне всё равно очень страшно, даже страшнее, чем раньше было, потому что там я знала, чего ожидать, ну или думала, что знаю, а здесь даже мыслей нет, зато есть страх. Я очень боюсь того, что с нами могут сделать эти боги. Очень-очень. Особенно — того, что с Гришкой сделают. Я даже не за себя боюсь, а за него. Ведь он должен жить несмотря ни на что, он же заслужил жить!

Когда завтрак заканчивается, Гришка обнимает меня, и мы сидим так некоторое время. Просто молча сидим в обнимку, потому что шевелиться совсем не хочется. Не хочется никуда ехать, а только, чтобы был Гриша и... и папа. Но папы тут нет, поэтому только мы есть друг для друга. Не знаю, чем закончатся эти переговоры... надеюсь, мы останемся живы. Ну, или хотя бы Гриша. Я всхлипываю. Кто бы знал, как я устала... Ожидание боли, потом ожидание смерти, и вот, когда нам уже почти дали надежду, всё возвращается обратно... А я не хочу! Не хочу! Не хочу!

Всё-таки я плакса...

# ИНТЕРЛЮДИЯ

Обнаруженный корабль с сильно устаревшим прыжковым двигателем всполошил всё скопление. Представители разных народов заинтересовались довольно старым, почти древним звездолётом. Дежурный по станции управления не понимал, что произошло, так как, согласно отчету корабля со звёздным именем, хоть и на одном из древних языков, на борту были только они двое, и всё.

Но затем начались странности. Во-первых, звездолёт окутался защитным полем, как будто на него кто-то хотел напасть, а затем перестал отвечать на запросы. Дежурный, конечно же, известил Планетарный Совет, а там уже забегали. Запись разговора передавалась от специалиста к специалисту, пока не оказалась на срочном заседании Совета.

— Как мы можем видеть, ятом[1] напуганы, — заявила остроухая женщина с копной переливающихся радужным светом волос. — При этом можно считать, что либо они испугались представителя нашего народа, что странно, либо мужскую особь.

— Звездолёт ответил на технический запрос, советник Яала, — подал голос инженер. — Он стартовал с планеты-тюрьмы, а дети прошли Испытание Разумности.

— Как Испытание? — опешила Яала. — Оно же только для взрослых особей!

— Вот так, но этого мало, — вздохнул инженер. — Звездолёт предоставил нам записи разговоров детей. Мы передали их медикам.

— Что скажут медики? — поинтересовалась остроухая женщина.

— Все плохо, соратница, — вздохнул вставший седой человек лет сорока на вид. — Дети считают, что мы их будем мучить и убивать, но проблема совсем не в этом.

— А в чём? — удивилась Яала, поправляя причёску.

— Они хотят к своему родителю, — объяснил медик. — Мы не очень хорошо разобрались, кто это, но он явно не принадлежит нашим народам. При этом ятом нас боятся, а звездолёт их защищает, что, как вы помните, означает опасность для жизни.

— Станция мониторинга Эфира засекла странное возмущение в районе звездолёта, — будто бы с потолка раздался безэмоциональный голос речевого информатора. — Двое разумных уходят и возвращаются через М-канал.

М-каналы были открыты совершенно недавно, поэтому технологии пользования ими не существовало, а тут получалось, что двое мало того что пользуются этим эфирным каналом, так ещё и уходят по нему в неизвестность. Возвращаются при этом, но...

Советники совещались долго, решив, что переговоры будут транслироваться на всю материнскую планету, возможно, кто-то что-то сможет подсказать. Звездолёт, пообщавшись с более мощным планетарным интеллектом, отдал всё, что у него было — протоколы лечения, обследования, разговоры детей между собой, их реакции, даже изображения. И Совет обратился к планете.

— Разумные! — знакомый голос советницы раздался из каждого коммуникатора, привлекая к себе внимание. — В карантинную зону вошёл корабль, принёсший с планеты-тюрьмы двоих ятом, прошедших Испытание Разумности.

Далеко не все знали, что это за Испытание такое, поэтому следующие полчаса им рассказывали и показывали, почему то, через что прошли ятом, действительно страшно. Когда разумные планеты утёрли слёзы, переживая за детей, прошедших сквозь тяжёлые испытания, вызванные самыми страшными картинами, на всю планету зазвучали голоса прибывших ятом.

— Я к папе хочу! Ну, пожалуйста! — звенел полный отчаянной мольбы голос девочки.

— Вам же всё равно, кого... — голос мальчика пугал своей обречённостью.

— Переговоры будут транслироваться на всю планету, — сообщила советница. — Пока только на нашу, но по линиям связи вы можете...

— Почему вы не отпустите детей к родителю? — поинтересовался кто-то.

— Мы не знаем, ни кто он, — вздохнула советница, — ни где он.

— Малыши... — всхлипнула какая-то женщина.

Именно это название закрепилось за юными ятом — малыши, оторванные от дома, от родителя и отчаянно желающие оказаться с ним рядом. Это понимали все жители планеты. И остроухие, и безухие, и хвостатые... Все понимали, что означает родитель, и почему надо найти его во что бы то ни стало. Но вот только как?

---

— Папа, а ты действительно уверен, что братику и сестричке не причинят вреда? — поинтересовалась проснувшаяся Алёнушка.

— Доченька, подумай сама, — улыбнулся Александр. — У тебя получится, ну-ка?

— Они улетели из тюрьмы, там были плохие люди, — начала размышлять вслух девочка. — Значит... хм...

— Плохие люди попали в тюрьму, значит?.. — задал наводящий вопрос тот, к которому тянулись двое детей чужой расы.

— Эти должны быть хорошими? — удивлённо заключила Алёнка.

— У них есть шанс быть хорошими, — улыбнулся Александр. — Вот поставь себя на место тамошних людей.

Алёнушка, названная так в честь знаменитой своей родственницы, задумалась. Потом ещё раз задумалась, посмотрела на папу и пошла звонить тёте. Тетя Алёна никогда не отказывала в помощи своей тёзке, а тут был очень серьёзный вопрос, просто очень-очень!

Так семья и узнала об ещё одной проблеме. Серафим очень серьёзно отнёсся к ней, обратившись по своей линии к учёным. Те, заслышав о внеземной цивилизации, сначала хотели вызвать психиатров, но разглядев «иконостас» на груди офицера, передумали и принялись работать. Нужно было определить, где находятся дети и как их сориентировать в сторону Земли.

Задача усложнялась ещё и тем, что точных координат никто не знал, потому нашлась работа и искусственному интеллекту, и учёным планеты Земля. Но одновременно с тем Вика Несмеянова собрала на консилиум психологов и психиатров. Ибо дети не были готовы верить и хотели только одного — к своему папе. Ставший «папой во сне» Сашка, конечно, был тем ещё шалопаем, но вот оставлять его наедине с проблемой ни папа, ни мама не собирались.

---

Трансляция на всю планету — всегда сложное событие, к которому нужно долго готовиться, но сейчас выбора не было. На экранах личных коммуникаторов, общественных трансляторов, домашних визоров появилась одна и та же картинка — ходовая рубка звездолёта довольно давней постройки. Но не детали не самого нового корабля привлекали внимание разумных, а двое детей в центре рубки. Мальчик, старавшийся прикрыть девочку, был насторожен, будто ожидал беды, а девочка... Не сразу, но разумные заметили передвижную платформу для тех, кто не ходит. Она была тоже старой, на планете давно заменённой экзоскелетами, если сделать совсем ничего было нельзя.

Но даже не это заставило разумных замереть перед экранами, а то, как выглядели дети. Их волосы были тронуты чуть голубоватой сединой, хорошо выделявшейся в общей массе их шевелюр. Седые дети — это было очень страшно для любого разумного.

— Здравствуйте, ятом, — заговорила женщина людской расы, появляясь на экране. Отметка на одежде говорила о том, что она мастер-психолог. — Мы рады приветствовать вас на материнской планете.

В этот момент девочка заплакала, а мальчик ее сразу же прикрыл собой, начав успокаивать. Но вот то, что говорил он в процессе, заставляло волосы на головах разумных шевелиться. Что пережили эти дети, было просто непредставимо.

— Не надо плакать, не надо, — произнёс мальчик. Хотя говорил он очень тихо, но каждое его слово отдавалось во всех уголках материнской планеты. — Она не будет тебя бить, и мучить тоже не будет. Звездолёт же сказал, что не пустит их сюда, ну пожалуйста, не плачь.

— Позвольте мне, соратница, — попросил гость планеты, выглядевший несколько устрашающе.

Четыре его верхних конечности жили своей жизнью, а расположенные вокруг всего черепа шесть глаз, внимательно рассматривали окружающее пространство. Происходивший с планеты с крайне агрессивной живностью гость обратился к детям.

— Не надо нас бояться, дети, — его голос оказался очень мягким и каким-то бархатным. — Ни один разумный нс причинит вреда ребёнку.

— Лучше отпустите нас к папе, — плача, сказала девочка, и планета замерла. В голосе ребёнка звучала тоска и боль, просто непредставимая боль.

— Хорошо, — кивнул гость планеты. — Но нам

нужно вас проводить до вашего родителя, чтобы с вами ничего не случилось по пути. Вы знаете, как его найти?

— Мы только планету знаем, — вздохнул мальчик. — И как солнечная система выглядит... Немножко.

— Но как же вы полетите, если не знаете, где его искать? — поинтересовался самец своего народа, которого дети совсем не пугались, что очень многое говорило разумным. Ятом пострадали и от остроухих, и от людей, а это было возможно только в одном случае — планета-тюрьма, куда попадали те, кто не был разумным, по мнению Совета.

— Я не знаю! — в глазах мальчика светилось отчаяние. — Может быть, папа подскажет... Папа всё знает!

Уверенность в голосе ребёнка говорила о многом. Например, о том, что неведомый разумный является абсолютно всем в жизни ятом. А это значило — без него дети могут погибнуть.

— Мы поможем вам, — произнёс гость планеты. — Вы пустите меня на свой корабль?

— Корабль? — удивилась девочка.

— Звездолёт, — подсказали из зала Совета.

— Если вы обещаете не убивать Гри'ашна, — проговорил ребёнок.

— Я клянусь вам всем, что мне дорого, — проговорил гость, — что не сделаю ничего, что причинит вам боль или смерть.

— Тогда хорошо... — прошептала девочка, опять начав плакать.

Разумные были поражены, услышав имя малыша, данное ему кем-то, кто ненавидел этого ребёнка, иначе такое имя не объяснялось. Разумные планеты начали делиться мнениями, обсуждать увиденное, понимая, что сделают всё возможное и невозможное для того, чтобы дети могли обрести своего родителя. Вот только как его найти на просторах Вселенной?

Гость планеты, отзывавшийся на имя Вариал, знал такие случаи. В истории его мира были и войны, и жестокие существа, поэтому он считал, что сможет хоть как-нибудь помочь ятам, не готовых верить никому, кроме своего родителя. Как его проинформировали, дети связываются с кем-то по М-каналу, поэтому перехватить передачу технически пока невозможно. Впрочем, ему и не нужно было перехватывать связь. Он искренне хотел помочь, ведь дети были совсем одни.

— Мы поможем юным ятам, — заявили физики-исследователи.

— Мы поможем ятам, — откликнулись командиры кораблей Дальнего Поиска.

— Нужно составить план, что именно нужно детям, — планета искала возможность помочь. — И сопроводить.

— Сопроводить нужно, — кивнула советница. — Всё-таки раса, умеющая обходиться с М-каналом...

И разумные целой планеты, а затем и присоединившегося к ней всего сообщества, принялись искать пути помощи двум юным ятам, которые так хотели к папе, что не замечали ничего другого. Не готовые подпускать близко даже своих сородичей, дети вызывали вопросы. Седые дети.

— Мальчика назвали грубым словом... — психологи искали пути подхода к детям, ведь без доверия нет диалога, это знали все.

— Девочка очень боится людей, заметили? — мнения разделялись, ибо если на остроухих сородичей ятом смотрели обречённо, то людей девочка пугалась до паники, и хорошо это закончиться точно не могло.

Лучшие умы планеты искали решение неожиданно возникшей проблемы.

## ГЛАВА ТРИНАДЦАТАЯ

**Гри′ашн**

Вариал, так зовут того, кто с нами общался, выглядит необычно, но не страшно. Высшие намного страшнее, а люди пугают Лиру. Странно, папа и Алёнка любимую не пугают, а вот другие люди — просто до паники. Надо будет папу спросить, что это значит.

После переговоров Лира некоторое время приходит в себя, а я обнимаю её. Исстрадалась моя девочка совсем. Ума не приложу, что делать... Можст, они и не плохие, и даже хотят помочь, но мы-то поверить не можем. Для меня Высший добрым быть не может, а для Лиры не может быть хорошим человек... Я честно попытался дать им шанс, но мне просто страшно становится. Я понимаю, что этот страх неправильный, но просто ничего не могу с этим поделать.

— Кокхав, — зову я звездолёт. — Мы можем пустить сюда одного... хм... не знаю, как он называется.

— Вы можете дать доступ одному разумному, — отвечает мне Кокхав.

— А если он что-то плохое захочет сделать? — тихо спрашивает Лира.

— Кокхав защитит экипаж во время взаимодействия с разумным, — звездолёт, как папа говорит, «чётко обозначает свою позицию».

— Тогда я согласна, — кивает Лира. — Пусть...

Мы действительно в безвыходном положении, я это очень хорошо понимаю. Мы совершенно не готовы верить тем, кто в нашем понимании просто не способен быть честным. Ну, и ещё после Испытаний, кажется, что-то во мне сломалось. Я хочу к папе, потому что он точно не будет мучить. А вдруг для этих... помощь заключается в том, чтобы выбить из нас... ну, ненормальность, по их мнению, что ли...

Интересно ещё вот что, ритуал Выбора. Он связал наши с Лирой жизни, статусы, чувства. Магии, как оказалось, нет, но Ритуал же сработал? Или мы просто полюбили друг друга, как в той сказке о властительнице, которую читал мне когда-то давно папа? Я не знаю ответов на очень многие вопросы, а не зная ответа, просто боюсь.

Гость прибывает спустя два часа после нашего разговора. Кокхав показывает мне, как пройти ко входу, чтобы встретить Вариала. Лира обнимает меня, будто желая поддержать, а я глажу её по голове. Надо идти... Красная дорожка ведёт нас куда-то в незнакомую часть звездолёта, но ничего сильно отличающегося я не встречаю. Такие же коридоры, заглядывающий в окна космос, редкие звёзды и какой-то чёрный шар неподалёку.

Я останавливаюсь у шлюза — так это место назвал звездолёт. Большая, намного выше меня, полукруглая серая дверь разъезжается в стороны, втягиваясь в стены, а за ней обнаруживается наш гость. В первый момент кажется, что у него три глаза, но я уже видел — их шесть, вокруг всей головы. Серая короткая шерсть покрывает всё видимое тело, а лицо, с поправкой на глаза, вполне человеческое, только нос сглажен. В двух верхних конечностях он несёт какую-то коробку, а стоит на нижних. Одежда его серебристого цвета похожа на нашу.

— Приветствую вас, разумные, — голос гостя отвлекает меня от его разглядывания. — В душе моей нет злого умысла.

— Здравствуйте, — приветствую я его, за мной повторяет и Лира. — Будьте нашим гостем.

Звездолёт зажигает зелёную дорожку, по которой мы идём в ещё одно неизвестное нам помещение. Кокхав назвал его кают-компания, я не знаю, что это такое. Хочется убежать, но я сдерживаю себя — раз мы уже согласились, то нужно хотя бы выслушать. Возможно, объяснить, почему мы так боимся Высших, ну и людей тоже... Или не боимся, а просто не верим. Но всё равно, получается, боимся.

— Вы сильно испугались остроухих разумных, — замечает Вариал. — Но совсем не боитесь меня, хотя мой вид должен быть для вас пугающим.

— Мы не готовы верить Высшим, — объясняю я. — После того, что они с нами сделали...

— Высшим... хм... — гость задумывается. — Это из-за Испытания Разумности? — спрашивает он.

— Из-за Испытания Калира не ходит, — отвечаю я ему. — А не верим мы им из-за нашего детства. Высший не может быть добрым! Не может быть честным! Он любит мучить! — не сдерживаюсь я.

— А человек не может говорить по-доброму с... с такой, как я... — всхлипывает Лира.

— Вы пострадали от представителей обеих рас, — заключает Вариал. — А ваш родитель?

— Папа самый лучший! — вот в этот момент моя девочка начинает плакать. — Отпустите нас... Ну что вам стоит...

Кажется, у Лиры истерика. Наш гость никак не комментирует её вспышку, он как будто отлично понимает, что происходит. Мне в это совсем не верится, но могут же быть чудеса на свете? Вот я и хочу надеяться, а пока успокаиваю любимую, которой совсем разгрустнелось.

Вариал смотрит на нас своими совершенно обычными глазами и только вздыхает. Он ставит коробку на стол, начав копаться в ней второй парой конечностей. Опасности я не чувствую, да и верю, что звездолёт, если что, успеет отреагировать.

— Я происхожу с планеты, на которой обитает очень агрессивная фауна, — не очень понятно произносит наш гость. — Поэтому мы можем считывать поверхностные образы. Если вы согласитесь, я бы хотел попросить вас вспомнить обычный день, когда вы встречались с Высшими. Это поможет мне лучше понять вас.

— Хорошо, — киваю я ему, думая, что хуже не будет.

Вариал, похоже, умеет читать мысли, но не все, а только те, о которых думаешь прямо сейчас. По крайней мере, я его слова понимаю именно так. В конце концов, воспоминания со мной рядом всегда, поэтому я вспоминаю тот раз, когда Лиру убить хотели. Наверное, это объяснит, что именно я чувствую к Высшим. Но мысли перескакивают на разговор с ха'аршем, а потом ещё и на папу...

— Благодарю тебя, — гость чуть склоняет голову, а потом прислоняет её к коробке.

— Мне страшно, — жалуется Лира, обнимая меня поперёк корпуса.

Я глажу её, понимая, что так дело не пойдёт — она

просто заболеет от постоянных слёз. Что-то же с этим можно сделать? Но тут Вариал поднимает голову от своего предмета, и я вижу слёзы в его глазах. На мгновение мне кажется, что он хочет броситься на нас, но это же не может быть правдой?

— Вы разговаривали с существом неизвестной расы, — сообщает мне гость. — Вы что-то знаете о ней?

— Это ха'арши, — объясняю я. — Они дали нам с собой какой-то куб, звездолёт сказал, что это хранилище информации... Они сказали, что так станут свободными.

— Вы позволите мне взглянуть? — интересуется Вариал.

Я задумываюсь. С одной стороны, ничего особенного он не просит, а с другой, почему не говорит о том, что увидел? Может быть, для него это норма? Тогда нам лучше спрятаться и не показываться никому на глаза.

## Калира

Гость наш не пугающий, хоть и выглядит необычно, вот если бы на его месте боги были, тогда бы я испугалась, а этот Вариал меня совсем не пугает. Гриша передал ему куб, который мы получили от магических слуг. Гость явно удивился, хотя почему, я не понимаю, а потом что-то сделал, и перед нами возник магический слуга. Он внимательно осмотрел нас, улыбнулся почему-то мне и заговорил.

— Мы, народ ха'арш, благодарим двоих детей, происходящих от народов, обманом взявших нас в рабство, — произнёс он. — Вы прошли сквозь тяжёлые испытания, чтобы освободить нас.

А вот дальше он начал говорить что-то совершенно непонятное, но наш гость, по-видимому, понимает его. Мне же интересно, как магический слуга выжил в этом кубе, и ещё, как так получилось, что он теперь свободен, если он тут? Наверное, какая-то магия всё-таки существует. Наш гость совсем погрузился в обсуждение каких-то проблем с ха'аршем, а я почувствовала себя лишней. Прижалась к Грише и прикрыла глаза.

— Вы спасли целый народ... — проговорил Вариал, но я не открываю глаз. Мне уже всё равно, хочется убежать и поскорее. — Ваш родитель не откажется поговорить с кем-нибудь из нас?

— Думаю, не откажется, — улыбается Гриша. — Это же наш папа.

— Но как вы сможете? Ведь это же наш сон! — восклицаю я, всё-таки открыв глаза.

— Это не совсем сон, — произносит наш гость. — Ваши друзья... ха'арш рассказал мне о том, что это, скорее, способность вашего родителя. Если он согласится, то мы сможем связаться с ним, явившись в ваш сон.

— А вы не сделаете плохо папочке? — сразу же спрашиваю я, потому что это же папа. А вдруг они только притворяются хорошими?

— Мы не сделаем плохо вашему родителю, — качает головой Вариал.

Он меня не убедил и видит это. Наверное, поэтому предлагает встретиться через двадцать стандартных часов. Ну, то есть завтра. Для нас это завтра, а у них же часы другие, вот он и назвал время. Гришка соглашается, а я... мне всё равно. Я хочу обнимать Гришку, а ещё к папе очень хочу. Я так устала от всего, что случилось... Просто придавила меня эта усталость, сил нет. И настроение ещё скачет... Плакать постоянно хочется.

— Плакать хочется, — признаюсь я, когда гость уходит.

— Надо папу спросить, почему, — отвечает мне мой Гришка, погладив по голове. — Надо поесть, наверное.

— Аппетита нет совсем, — вздыхаю я. — Просто совсем-совсем нет, давай сразу к папе?

— А что скажет папа, когда узнает, что ты не кушала? — использует мой любимый запрещенный приём.

Я знаю, что скажет папа, он сердиться будет, наверное. А я опять испугаюсь и буду плакать, поэтому не хочется, чтобы он сердился. Или не будет сердиться, а только посмотрит так, как только он умеет. И мне стыдно станет, потому что это же папа, и я не хочу его огорчать.

Мы идем в едальню, а я думаю о том, что, если вдруг случится чудо и нас отпустят к папе, а вдруг папа против? Ну, сейчас же мы только во сне, а вдруг он не хочет, чтобы мы в реальности были? Надо ли надеяться на...

— Что с тобой? — спрашивает меня Гришка, почувствовав моё настроение.

— Я думаю... — сообщаю ему. — А что, если папа не хочет, чтобы мы к нему прилетели? Вдруг мы мешать будем?

Гришка останавливается, обнимает меня покрепче и замирает. И я замираю в его руках. В этот миг кажется, что мы совсем одни в целом мире. Никого нет, только мы, и от этого становится тоскливо. Но тут Гришка будто встряхивается и тянет меня к столу, потому что до едальни мы уже дошли.

— Мы спросим, — говорит он мне. — Папа меня никогда не обманывал. Думаю, не обманет и сейчас.

— А вдруг мы Алёнке будем мешать? — продолжаю я. — Ну, это же её папа?

— Это наш папа, — вздыхает Гришка, берясь за ложку.

Я ничего не успеваю ответить, потому что он начинает меня кормить, как маленькую. Просто не даёт ничего сказать, потому что едва я раскрываю рот — там сразу же оказывается ложка. Я послушно жую, потому что ничего другого не остаётся. И тут до меня доходит: Гришка не хочет, чтобы я плакала, поэтому заткнул меня. В первый момент я даже думаю обидеться, но потом всё-всё понимаю, ловлю его руку и прижимаю её к своей щеке.

У Гриши же тоже мысли, он тоже боится оказаться лишним, а тут я... Я плохая девочка. Рву сердце своему самому любимому человеку на свете. От этой мысли хочется плакать, и я всхлипываю. Любимый обнимает меня, прижав к себе. Мы сегодня спросим папу и примем его слова, какими бы горькими они ни были. Потому что это же папа.

С этими мыслями я заканчиваю есть и разворачиваюсь в сторону выхода. Очень хочется верить, что мы нужны папе и Алёнке не только во сне, но я боюсь. Боюсь обмануться и после всего оказаться ненужной. Хотя Грише я всегда буду нужна, а если папа... если он... тогда мы улетим на «Кокхаве» далеко-далеко, где точно нет никого, и будем жить. Только вдвоём.

Я тихо всхлипываю, двигаясь к нашей капсуле. Уже привычная постель, Гриша мне помогает пересесть. А я хочу спросить, ну просто очень. И с таким настроением проваливаюсь в сон. Передо мной предстаёт пустой папин кабинет, я даже пугаюсь, но Гриша обнимает меня, опять успокаивая.

— Мы рано пришли, наверное, — говорит он. — Нужно подождать.

— Страшно... — шепчу я. Ну понятно, что страшно...

— Что случилось, дети? — с облегчением слышу я папин голос.

Он тут, я просто его не увидела и уже испугалась, а папа быстро подходит к нам, вглядываясь мне в лицо, а затем берёт меня на руки, как маленькую. Меня и маленькую на руках не носили, ведь я — отродье, но папа садится, усаживает меня на колени к себе и очень серьёзно смотрит прямо в глаза. Я всхлипываю.

— Папа... — с трудом решаюсь произнести это. — А если вдруг... ну... мы там не будем лишними?

— Опять двадцать пять, — вздыхает наш папа, подгребая Гришу к себе другой рукой. — Вы не можете быть лишними, вы — мои дети.

И я сразу верю. Вот раз — и верю в то, что мы не будем одни и что нас ждут. Это такое чувство, такие эмоции... Ну да, я опять расплакалась. Папа гладит нас обоих, а мне кажется, что Гришка тоже плачет. Это же чудо... Я... Мы... Мы действительно нужны. Это же папа, он никогда нас не обманет! Никогда-никогда!

— Папа, — Гриша вспомнил о просьбе нашего гостя, когда мы немного успокоились. — Тут есть один... хм... существо. Он говорит, что если ты согласишься, то можно попробовать ему прийти к тебе, потому что с нами сложно.

— Вы никому не верите, — кивает наш самый лучший папочка. — Если это возможно, я согласен, мы сами думали об этом. Нужно же помочь вам, малыши.

Сколько ласки в папиных словах, сколько настоящего тепла... Я глупая, плохо думала о папе. Как же он от нас откажется? Глупая я, да?

# ГЛАВА ЧЕТЫРНАДЦАТАЯ

**Гри′ашн**

Вроде бы Лиру штормить перестало, да и со мной... Что на меня нашло? Это же папа! Папа! Он не может предать! Наверное, папа прав, и мы просто устали, потому что дети. Это папа говорит, что мы дети, нас-то таковыми никто никогда не считал.

Оказывается, вся папина планета ищет возможность определить, где мы находимся, чтобы привести нас к нему. Эта новость была... Лира расплакалась, у неё эмоции, а раз папа за слёзы не наказывает, то при папе она плачет. И при мне тоже. Не сдерживается, не давит в себе слёзы, а выпускает их наружу. Папа у нас самый лучший, ведь он всё-всё понимает. И Алёнка ещё, она тоже всё понимает, вот как так?

— И чтобы вы не думали о плохом, а то попа болеть будет, — строго говорит сестрёнка, но я вижу, что она улыбается.

Лира сначала привычно пугается, но потом тоже начинает улыбаться, ведь это же Алёнка. Мне даже как-то спокойнее на душе стало от её слов. Ведь и в Алькалларе мы были окружены врагами, абсолютно точно желавшими сделать и Лире, и мне плохо. А здесь нас защищает звездолёт, он сам сказал. И ещё, кажется, нам не желают зла, хоть поверить в это мне очень трудно. Весь опыт моей жизни говорит о другом. Кажется, Вариал это понимает, как и папа. Не знаю, понимают ли другие...

Нам пора просыпаться. Так не хочется! Была бы возможность, остался бы здесь навсегда, но, может быть, нас всё же доставят к папе? Прощаться с каждым разом всё тяжелее, даже, кажется, в груди от этого побаливает, но, скорей всего, мне просто кажется.

Открываю глаза и сразу же прижимаю к себе моё сокровище. Лира во сне много плакала. Сначала от своих мыслей, потом от эмоций, потом ей стыдно стало... Иногда мне кажется, что она выплакивается за всю свою предыдущую жизнь, ведь ей, как и мне, плакать запрещалось.

Нужно пересадить упорно не открывающую глаза, хотя уже проснувшуюся любимую. Я её понимаю, она не хочет видеть этот мир, желая оставаться там, где есть папа, но тут ничего поделать пока нельзя. И он прав же — мы просто не знаем, куда лететь, значит, надо принимать помощь Вариала. А вот и он, лёгок на помине... Неужели уже двадцать часов прошло?

Кокхав пускает гостя, показывая ему путь к едальне, куда сейчас движемся и мы. Сегодня многое решится. Может быть, Вариал сможет узнать, куда нам нужно лететь? Я не хочу общаться с Высшими, не хочу! От одной мысли начинает кружиться голова. Что-то со мной не очень хорошо, да и Лира странно себя ведёт.

— Что с тобой? — спрашиваю я, погладив её.

— Аппетита нет, — тихо отвечает мне любимая. — И устала...

— После завтрака в медицинский зайдём, — предлагаю я ей, на что Лира согласно кивает.

Нам только заболеть не хватало, тогда мы точно будем совсем беззащитными. Это понимает и моя любимая. Мы доходим до едальни, когда звездолёт говорит нам об ожидаемом госте на борту. Теперь нужно набраться терпения, потому что гостя проводят в едальню, чтобы он мог разделить с нами пищу.

Папа думал о том, чтобы поговорить с местными Высшими, значит, он хочет, чтобы мы прилетели. Ну конечно же, он хочет! Ведь это же папа! На этой моей мысли в едальню входит Вариал. Одет он в такой же костюм, что и вчера, но на этот раз у него нет с собой коробки.

— Разделите с нами пищу? — предлагаю я.

В читальне, ещё в замке, я узнал, что гостя положено так встречать. Я вот вспомнил, поздно, но вспомнил же. Теперь узнаю, враг он или друг. В книге было написано, как это определяется, я и не вспомнил сразу. Если он враг, то не будет больше никаких переговоров, мы запрёмся в звездолёте и улетим хоть куда-нибудь.

— С радостью и благодарностью, — отвечает Вариал в точности так, как было написано в книге.

Значит, он нам не враг, если отвечает так, как в книге. Перед ним появляется совсем другая еда, потому что гость на нас не похож, значит, ест он совсем другое. Мы все приступаем к еде. Сегодня у нас что-то белесое, воздушное, очень вкусное, но мне не хочется есть, аппетита совсем нет, что наш гость замечает.

— Что с вами? — спрашивает он.

— Наверное, нужно в медицинский... — тихо произносит Лира. — У нас нет аппетита, а я устаю сильно.

— Я провожу вас, — гость выглядит встревоженным.

— Папа сказал, что встретится с вами, — вспоминаю я. — Только он не знает, возможно ли это. Папа сказал, что во время обучения получилось у Алёнки, так что можно попробовать всем.

— Очень хорошая мысль, — кивает Вариал. — Разрешите, я вас провожу.

А я чувствую, что не могу встать. Просто как-то внезапно кончаются силы, накатывает слабость. Я делаю глубокий вдох, чтобы взять себя в руки, но тут Вариал поднимает меня и несёт. Мне как-то совсем нехорошо, я слышу всхлипы Лиры, но как будто через вату. Больше я ничего не помню.

Я открываю глаза, обнаружив себя в медицинской комнате. Рядом открывается крышка второй капсулы, в которой обнаруживается Лира. Прямо так, как есть, я кидаюсь к ней. Вариал обнаруживается чуть поодаль, он выглядит хмурым, но я замечаю его лишь краем глаза, мне важно знать, что с любимой.

— Я так за тебя испугалась, — шепчет Лира, явно готовясь заплакать. — Ты вдруг обвис, как мёртвый... Не делай так больше, пожалуйста! — выкрикивает она.

— Я больше не буду... — как-то совсем по-детски вырывается у меня. — Сам не знаю, что произошло.

— Вы делаете себе плохо, дети, — подаёт голос гость звездолета. — Вы так рвётесь к своему родителю, сильно пугаетесь и каждую минуту ожидаете предательства, что ваши сердца не выдерживают. Насколько я вижу — второй раз за сравнительно короткий срок.

— И что делать? — тихо спрашиваю я.

— Нужно поговорить с вашим родителем, чтобы найти к нему путь, — решительно заявляет Вариал. — Ничто не стоит жизни ребёнка.

— Тогда... Наверное, надо в комнату обучения? — тихо спрашиваю я, до сих пор немного испуганный своим состоянием.

— Не умирай, пожалуйста, — Лира очень напугана, я вижу и чувствую это.

Ощущаю себя очень виноватым, но... Я же просто не знаю, что и как со мной происходит. Что мне делать? Любимая обнимает меня, будто боится, что я исчезну, а гость звездолёта только вздыхает. Он, наверное, понимает, что происходит... Интересно, что на это скажет папа?

Я одеваюсь, затем помогаю Калире, и мы идём в сторону комнаты обучения. Не знаю, получится ли у нас, но хотя бы попробовать мы совершенно точно должны, раз всё так непросто... Может быть, нам повезёт?

**Калира**

Я так испугалась! Когда Гришка побледнел и просто обвис, я думала — сейчас умру, даже в глазах всё потемнело, но Вариал как-то очень быстро доставил нас в медицинскую комнату и разложил по капсулам. Затем всё потемнело, а когда глаза снова открылись, появился Гриша.

Мы идём в комнату обучения. Вариал доказал, что он нам не враг, это очень хорошо. Хоть один союзник в этом пугающем меня мире. Почему я так пугаюсь — даже и не знаю, но наш гость говорит, что мы — дети, оторванные от родителя, поэтому пугаться нам нормально. Ну, не знаю...

Вот и комната обучения. Гриша помогает мне улечься в капсулу, а Вариал отходит в сторону и начинает то-то делать со своей. Мне жутко интересно, что он там делает, но задать вопрос не успеваю, Гришка обнимает меня, и крышка закрывается. Интересно, почему медицинская комната чинит сердце, но не может починить ноги? Надо будет Кокхава спросить, потому что непонятно. Мне кажется, он уже отвечал на этот вопрос, только я не запомнила почему-то.

В глазах темнеет, и мы оказываемся в классе. В углу класса переливается какое-то тёмное марево, но оно совсем нестрашное. Просто непонятное. Я оглядываюсь в поисках папы, тем же занимается и стоящий рядом Гришка. Стараюсь не нервничать, может быть, для папы рано ещё, поэтому я просто жду.

Папа появляется через несколько минут, и, увидев его, я визжу от радости. Он почти подбегает ко мне, подхватывая на руки, хотя я тяжёлая, наверное. Папу обнимает в тот же миг и Гришка, застывая на месте.

— Папа! Папа! Гришка меня так напугал! — жалуюсь я самому близкому человеку на свете. — Он побледнел и без сознания был, если бы не Вариал, не знаю, что было бы!

— Ох, дети, — вздыхает папа, гладя нас попеременно. — Плохо вам, да?

— Нам очень плохо без тебя, — глухо отвечает

Гришка. — Вариал пытался связаться, но, видимо, не вышло...

— Вариал? — переспрашивает наш папа. — Где же он?

В этот момент марево с хлопком исчезает, а на его месте обнаруживается наш гость. По-моему, он растерян. Впрочем, увидев нас, Вариал делает несколько шагов и склоняется в поклоне. Вполне обычный у него поклон, но странный, с нами он так не делал.

— Приветствую вас, мастер, — произносит наш гость. — Меня зовут Вариал, я представитель разумных скопления Ли-ар.

— Приветствую вас, Вариал, — отвечает явно удивившийся такому представлению папа. — Что произошло с детьми?

— Вашим детям тяжело даётся разлука со своим родителем, — объясняет Вариал. — Нам нужно найти путь к вам как можно скорее.

С этим папа согласен, он так и говорит, а потом они начинают говорить на совершенно непонятные мне темы. Мне даже хочется заплакать от ощущения своей тупости, но Гришка не даёт. Я почти ни слова не понимаю — какое-то расположение звёзд, вектора, сложная ориентация. Но потом взрослые перескакивают на другую тему...

— Все разумные готовы помочь... Очень уж страшная жизнь была у ятом, — вздыхает Вариал.

— Ваши люди так близко к сердцу восприняли их рассказ? — интересуется папа.

— У нас есть технология считывания поверхностных образов, — объясняет наш гость. — Они вспоминали, а я записал...

— И это увидела вся планета... — задумчиво говорит самый-самый взрослый на свете.

— Вы показали нашу память другим? — понимаю я. — И боги... они что?

— И тем, кого ты зовёшь богами, и тем, кого людьми, было очень стыдно за сородичей, — Вариал тяжело вздохнул. — Но теперь они понимают, почему вы не готовы с ними говорить.

— Вариант мне видится один, — папа прижимает меня к себе. — Вам нужно искать все похожие системы с вашей стороны, а нам — с нашей.

— Значит, будем прыгать, — соглашается Вариал.

— А можно и мне узнать? — встреваю я в разговор, потому что они собираются принять решение, а я хочу хотя бы знать, что нас ждёт.

— Планета даст вам сопровождение, — сообщает мне наш гость. — И вы будете искать систему вашего родителя. Так вы хотя бы не будете рвать себе сердце. Сразу найти не получится, наши карты не совпадают даже в общем, но рано или поздно...

— Мы летим искать папочку! — от моего визга папа даже немного поморщился.

— Мы летим к папе... — прошептал Гришка и заплакал.

Я даже опешила, Гришка не плакал почти никогда! Даже когда было очень плохо и страшно, он не плакал. А моментально нашедшие общий язык взрослые, кажется, поняли, в чём дело. Папа обнял и принялся гладить моего любимого, даже и не пытаясь успокоить.

— Ему надо выплакаться, — объясняет мне Вариал. — Невозможно всё в себе держать.

— Я понимаю, — киваю я, потянувшись, чтобы обнять Гришку. Ведь он мой.

Любимый успокаивается, а взрослые намечают какой-то «квадрат поиска». Но я уже не слушаю, я вся в предвкушении — мы летим к папе! Это так здорово, так радостно, что просто нет слов, чтобы описать, как это здорово.

Папа не забывает меня гладить, успокаивая. Ему очень не нравится то, что с нами было, я вижу, но он ни словом не упрекает меня и Гришку за то, что мы так нервничаем. Папочка всё-всё понимает, он просто волшебный! Какое счастье, что Гришка решился на тот ритуал, связав нас воедино. Ой...

— Простите, Вариал, — прерываю я гостя. — Я так и не поняла... Магии же нет, а как так вышло, что ритуал сработал?

— То, что ты называешь магией, дитя, существует, — улыбается он в ответ. — Изгнанные не могут пользоваться этими возможностями, но вы смогли.

— Как существует? — удивляется Гришка. Я его

понимаю, это для нас откровение.

— Вы же продолжите обучение? — спрашивает Вариал меня. — Вот вам учитель и расскажет, что такое эта «магия» и почему у вас всё получилось.

— Продолжим, конечно, — отвечает Гришка.

Он всегда очень серьёзно к урокам подходит, я помню по тому Испытанию, когда папа... Когда мы были все вокруг папы. Я это хорошо помню, поэтому киваю. Грише действительно виднее, если он говорит «будем», то никуда я не денусь. Интересно как... Магия вдруг существует...

— Сейчас мы закончим с вашим родителем, чтобы не перегружать вас, — пояснил Вариал. — Связь создаётся от него к вам, я могу присутствовать, только если...

— Вы можете остаться с нами, — неожиданно для самой себя предлагаю я ему. — Места у нас хватит, и...

— Всё не так одиноко будет, — добавляет Гриша. — Оставайтесь.

— Вы мне так доверяете? — удивляется наш гость, а я вижу, что папа одобрительно кивает.

Значит, я всё правильно предлагаю, потому что папочка улыбается и показывает большой палец. Значит, он тоже считает, что Вариалу можно доверять. Почему — я не знаю, но это же папа, он не может ошибаться. Именно поэтому я уверенно отвечаю нашему гостю, а любимый просто показывает своё согласие со мной, ведь иначе просто не может быть.

РАЗДЕЛЕННЫЕ СНОМ

## ГЛАВА ПЯТНАДЦАТАЯ

**Гри'ашн**

— Ваш родитель указал примерное расположение своей звёздной системы, — Вариал показал нам область на какой-то карте. — Проблема в том, что Галактика — это спираль, и таких мест у нас четыре. Да и в каждой области имеется по множеству звёзд.

— Значит, шансов нет? — меня затопляет отчаяние.

— Ну почему шансов нет? — наш гость улыбается. — Сейчас мы всё выясним, не надо отчаиваться.

— Скажите, а... почему? — меня очень интересует вопрос, почему он нам помогает, почему согласился лететь с нами, почему?!

— Потому что вы — дети, — говорит он мне. — Ваш

родитель далеко, а долг каждого разумного существа — помочь вам.

— Каждого разумного? — удивляюсь я. Такой версии я раньше не слышал. — Но там, где мы родились...

— Исторгнутые из сообщества разумными не являются, — отрезает Вариал. — Вы же доказали свою разумность, умение жертвовать собой, сопереживание.

Я задумываюсь: получается, что наши Испытания проверяли именно разумность в понимании Вариала? Интересно, их всех так проверяют, или это только нам так «повезло»? Спрашивать я, впрочем, не стал. Наш гость предложил пройти в рубку, чтобы показать нам, как мы будем искать папу. Конечно же, и Лира, и я согласились.

В самой рубке Вариал вышел на связь с... Высшими. Даже готовый принять то, что они не такие, как на покинутой нами планете, я всё равно опасаюсь их, просто ничего не могу с собой поделать, а Лира боится безухих. Просто до паники боится, хотя к папе и Алёнке такого не испытывает. Почему так, я не понимаю.

— Установлены области возможного нахождения, — сообщает наш гость. — Но «Кокхав» — звездолёт старый, оснащённый только прыжковым двигателем, поэтому...

— Можно переход делать на носителе, — предлагает Высшая, улыбнувшись нам. Получается, нас видят? Но почему тогда на их лицах нет столь привычной нам брезгливости?

— Что такое носитель? — интересуюсь я.

— Это крупный... хм... звездолёт, — объясняет она, ничуть не показывая раздражения. — На большие расстояния он отвезёт вас вместе с «Кокхавом», а там вы сами поищете. Мы ни в коем случае не претендуем на контроль...

— Вам Вариал верит... — тихо произносит Лира. — Значит, и мы можем... Если вы захотите, мы всё равно ничего не сможем сделать.

Она права. Высшие и люди могут нас захватить и мучить в любой момент. С нашим страхом мы ничего поделать не можем, но не принять руку помощи, наверное, будет совсем глупо. Лира это понимает, и я тоже очень хорошо понимаю, так что незачем долго думать, так папа говорит.

— А вы... — я всё-таки сомневаюсь.

— Никто из нас никогда не причинит вреда детям! — твёрдо говорит Высшая, и мне почему-то хочется ей верить.

— Тогда мы согласны, — тихо говорю я, обнимая Лиру.

Она прижимается ко мне, в надежде на то, что эти Высшие — другие, но мы же знаем, насколько они могут быть подлыми. Верить им почти невозможно, поэтому я вздыхаю, стараясь успокоиться и успокоить любимую. При этом я совсем не слышу, о чём говорит Вариал.

— Мы построим маяки во всех четырёх областях, — кивает ему Высшая. — Разведчики вылетят немедленно. А носитель подойдёт через...

Совершенно непонятно, о чём они говорят, но самое важное решение уже принято. Пусть теперь будет как будет. Кивнув нашему гостю, мы уходим в свою комнату. Нам просто надо побыть наедине друг с другом, посидеть и никого не видеть. Жизнь меняется как-то очень быстро, я не успеваю приспособиться. В Алькалларе всё было просто — вокруг одни враги, которые нас рано или поздно убьют, а тут... Просто страшно довериться.

— Папа же говорит, что они хорошие... — задумчиво произносит Лира. — И пугаться запрещает... А мне всё равно страшно.

— Мне тоже страшно, — признаюсь я ей. — Но мы совсем одни... Главное, чтобы они папе плохо не сделали.

— Почему-то мне кажется, что не сделают, — произнеся это, любимая прижимается ко мне и закрывает глаза.

Мы плюхаемся в капсулу, накатывает сонливость, но спать я не хочу, хочу просто полежать и помечтать о том времени, когда мы сможем быть вместе с папой. Интересно, где мы его найдём? И когда?..

Не замечаю сам, как погружаюсь в сон, чтобы в следующее мгновение увидеть Лиру и Алёнку. Мы находимся в её комнате, я уже знаю, как выглядит место, где живёт сестрёнка. Алёнка молча бросается к нам, первой обняв Лиру. Девочки замирают, а я обнимаю их обеих.

— Я всё знаю, — произносит Алёнка. — Мы встретимся обязательно!

— Я очень-очень надеюсь, — вздыхаю в ответ. — Но так страшно доверять Высшим...

— Я понимаю тебя, — грустно улыбается наша сестрёнка. — Папа сказал, что это от тебя не зависит, надо просто постараться не пугаться, потому что сердце не выдержит.

— Я стараюсь, — возвращаю ей улыбку. — И Лира старается, да?

— Да, — кивает моя любимая. — Поэтому мы в свою комнату спрятались.

Так тепло с Алёнкой, она точно хорошая и не предаст, а вот в Высших я не уверен. Зачем им нужно найти нашего папу? Вдруг они что-то плохое задумали? Вот эту мысль я с ходу высказываю, сестрёнка задумывается, что-то прикидывает и вздыхает.

— Папу надо спрашивать, — отвечает она мне. — Но сейчас день, я просто сплю днём, потому что...

— Я помню, — отвечаю ей, погладив по голове, как Лиру. И реагирует Алёнка так же, как и Лира... Интересно, это у всех девчонок так?

— Давайте поиграем? — предлагает нам Алёнка, она подходит к своему столу и вытаскивает оттуда большую коробку. — Вот сейчас мы поиграем...

Я и не знал, что во сне можно играть, раньше мы такого не делали. Алёнка же ведёт себя так, как будто мы этим каждый день занимаемся: раскладывает игровое поле, объясняет правила игры, а я смотрю на это и даже не знаю, сумею ли я. Ведь у меня такого никогда не было. Лира тоже выглядит немного ошарашенной, что замечает наша сестрёнка.

— Что случилось? — спрашивает она.

— А что будет, если кто-то проиграет? — тихо спрашивает любимая, прижавшись ко мне.

— Конфетку получит, — не задумываясь отвечает Алёнка. — Это же просто игра! — и тут до неё что-то доходит. — Погоди-ка... У вас что, не было игр?

— Нет, — качаю я головой, прижимая к себе Лиру, подумавшую, что это плохо... ну, тот факт, что игр не было. — Я даже не знаю, что это значит, да и Лира тоже...

— Ой... — тихо произносит сестрёнка. — Тогда я вам всё расскажу и покажу!

Оказывается, существует такое занятие — игры, они, насколько я понимаю, для того, чтобы порадовать ребёнка и чему-то его научить. Но у нас с Лирой такого не было, потому что она.... Да и я.... Даже не знаю, есть ли такое у богов, или же они предпочитают кого-нибудь мучить.

Алёнка рассказывает правила игры, уточняя, что расстраиваться, если проиграешь, не надо, потому что это — всего лишь игра. Она как-то очень быстро увлекает нас с Лирой, поэтому время пролетает совсем незаметно. Кто-то выигрывает, кто-то проигрывает, но ни Лира, ни я не боимся наказания за это, поэтому просто погружаемся в игру. Нашу первую в жизни «настольную игру», как это назвала сестрёнка.

## Калира

Я и не знала, что такое существует на свете, а ещё — что во сне комната повторяет себя реальную. Но вот эта «настольная игра» — она захватывающая, я совершенно забываю о времени, и Гришка тоже. Наверное, во время Испытания, когда мы заботились о папе, нам просто некогда было играть, поэтому я не помню ничего такого, а Алёнка как-то быстро понимает всё и даже слегка поддаётся, но даже это у неё получается очень весело.

Мы просыпаемся, распрощавшись с сестрёнкой. У меня на душе так тепло и спокойно, как будто мы уже нашли папу, но это, конечно, не так. Гриша смотрит на меня, а я просто обнимаю его и улыбаюсь. Такое счастье, что есть он, сестрёнка и, конечно же, папа.

— Звездолёт доставлен в первую точку, начинаю поиск, — сообщает Кокхав. — Желающие принять участие в поиске могут прибыть в рубку.

— Пошли скорее! — прошу я Гришку, на что тот кивает, хотя, чем мы можем помочь, я и не знаю. Просто сидеть и ничего не делать невыносимо.

— Сейчас пойдём, милая, — мягко отвечает он мне.

Жутко мне нравится, когда любимый ласковые обращения и прозвища ко мне применяет. Очень у него нежно получается, да так, что просто хочется мурлыкать. Но вот Гришка готов, даже умылся, в отличие от меня. Умыться или я — ленивая свинка? Раньше такой вопрос и не возник бы, а вот теперь... Теперь я могу не бояться, а если я не боюсь, то поленюсь чуть-чуть, совсем немножечко.

С этими мыслями отправляюсь в рубку. С Гришкой, конечно! Прибываем туда очень быстро, киваем Вариалу, что-то делающему с пультом. Этот стол с множеством огоньков называется пультом, я теперь знаю. На экране звёзды, но незнакомые. Я таких никогда не видела.

— Сейчас мы прыгнем во-о-от сюда, — показывает на экране Вариал. — По идее, мы можем поймать передачи мира вашего родителя, но шанс небольшой, поэтому будем прыгать к каждой звезде подходящего класса.

— Что значит «поймать передачи»? — удивляюсь я.

— Ваша звёздная система излучает передачи в том или ином диапазоне, — ещё более непонятно принялся мне объяснять наш гость. — Теоретически, их можно поймать, но вот практически маловероятно.

— Ничего не поняла, — признаюсь я, растерянно оглянувшись на немедленно обнявшего меня Гришку.

— Папу потом спросим, — шепчет он мне на ухо, отчего я киваю.

Это правильно, у нас есть папа, он нам всё объяснит,

но теперь важно его найти. А как его найти, я не знаю, поэтому мы сейчас будем искать...

Свет мигает, на экране звёзды заменяются какими-то линиями, что это значит, я даже не представляю себе. Спрашивать не хочется, потому что после непонятных объяснений становится еще непонятней. Как-то странно у меня настроение прыгает — то плакать охота, то злиться... Не понимаю я себя совершенно. Но лучше помолчу, потому что обидится ещё...

— Ну чего ты, любимая? — спрашивает Гришка. Кажется, он впервые называет меня именно так.

— Плакать хочется, — отвечаю ему, чувствуя подступающие слёзы, но в этот момент на экране исчезают полосы, снова заменяясь звёздами, но другими.

— Ну вот, — удовлетворённо произносит Вариал. — Теперь надо искать, посмотрите, есть похожие звёздные системы?

— А как? — интересуется Гришка, делая шаг к экрану.

Вариал объясняет, как работать с экраном, поэтому мы оба начинаем вглядываться. Как выглядит папина система, я помню очень хорошо, поэтому мы и смотрим, а вот наш гость... Он как-то очень равнодушно разглядывает, как будто знает, что мы ничего не найдём. Это подозрительно, даже очень. Надо будет потом поговорить с Гришей о моих ощущениях.

Может же так случиться, что они решили что-то сделать «для нашего блага», как... как... сейчас заплачу.

На экране нет ничего даже близко похожего, поэтому Вариал кивает и что-то делает с пультом, отчего звёздочки опять исчезают.

— Это прыжок звездолёта, — тихо объясняет мне Гришка.

Он задумчив, а я смотрю на чёрточки, думая о том, что они совсем не изменились с прошлого раза, даже вон та, красная. Проходит, наверное, час или даже два, прежде чем нам позволяют снова начать искать. А мне это странно! Если они действительно помогают, то почему ищем только мы? Наверняка же есть возможность ещё как-то поискать... Я чувствую, что здесь что-то не то.

— Вот эта система похожа, — вдруг тыкает пальцем в экран Гриша.

— Время прибытия... — Кокхав равнодушно говорит нам, что ждать долго, а Вариал советует пойти поесть.

Мне всё равно что-то не нравится. Может быть, я просто не готова никому доверять, кроме папы и Алёнки? Очень надо поговорить с папой, но день ещё длинный, нам много искать придётся. И надеяться. Почему-то не верится в то, что мы быстро найдём. Опять плакать хочется.

— Ну что с тобой такое? — интересуется Гришка уже в едальне. Он у меня всё-всё замечает.

— Не верится в то, что они действительно помогают, — объясняю я ему. — Мне кажется, нас хотят обмануть «для нашего блага». Вариал равнодушный... А ещё мне плакать хочется постоянно.

— Давай попробуем поверить, — обнимает меня любимый. — Один шанс дадим. Только один, согласна?

— Согласна, — киваю я, разглядывая сегодняшние блюда. — Но всё равно...

— Сам об этом думал, — вздыхает Гришка. — Надо с папой поговорить, он точно знает, как правильно.

— Экипаж может прослушивать переговоры, — коротко замечает звездолёт.

Странно, я не звала Кокхава, он по своей инициативе это сказал? А у него может быть своя инициатива? Но, наверное, это совет.

— Кокхав, а ты можешь записать все переговоры и нам перед сном прокрутить? — интересуется моментально ставший серьёзным Гришка.

— Положительный ответ, — реагирует Кокхав.

Значит, вечером мы узнаем, не собираются ли нас предать. Мне почему-то кажется, что Кокхав будет на нашей стороне, значит, если что, мы сможем убежать. А если не сможем? Не знаю... Надо спросить, наверное, мне просто очень надо.

— Кокхав, а если случится... — я вздыхаю. — Ты поможешь нам убежать?

— Вы — мой экипаж, — коротко отвечает Кокхав.

Это значит «да»? Опять я чувствую себя глупой и ничего не понимаю. Тяжело вздохнув, накладываю себе в тарелку синей каши с зелёными хрустящими шариками, чтобы погрузиться в процесс кормления меня, любимой. А я — любимая, так Гришка говорит. Вот поэтому надо покушать, а там мы и долетим, наверное. Интересно, насколько я ошибаюсь?

## ГЛАВА ШЕСТНАДЦАТАЯ

**Гри′ашн**

Не зря Лира спросила про «убежать», не зря. Что-то она чувствует или подозревает... Интересно, что? Не знаю, можно ли верить её предчувствию, но и не верить нельзя. А что можно? Надо папу спросить, папа точно знает, как правильно.

Пока мы едим, я вспоминаю, что и как говорил Вариал. Нам никто не обещал, что нас доставят к папе, нам обещали, что не причинят вреда, но ведь вред — понятие относительное. Могут же они считать, что нам будет лучше жить среди них? Особенно учитывая, что Вариал показал Высшим нашу память, хотя я ему этого не разрешал. Значит, он против нашей воли это сделал. Что мешает ему ещё что-то сделать? Например, дать нам самим искать, и когда мы будем в отчаянии...

От этой мысли становится холодно. Ведь наше понимание помощи такое же, как и у папы, но вот у Высших оно может быть другим. И у безухих тоже. И у Вариала. Как бы узнать это точно? Кокхав сказал о том, что мы можем послушать... Он не зря это сказал.

— Пошли обратно? — интересуется Лира.

— Пойдём, — киваю я, вставая из-за стола.

Даже не заметил, как всё съел. За размышлениями вкуса еды совсем не почувствовал. Нужно идти, чтобы дальше искать, а потом нас отнесут в другую точку, если... если не врут. Зачем им помогать двоим детям найти отца, которого они видели только во сне? Не проще ли убедить, что его нет в реальности? Логично? По-моему, вполне. Значит, надо оказаться поближе к папе и убежать.

От этой мысли я успокаиваюсь. Не доверяю я им, вот что... И Лира не доверяет. Не с чего, если подумать, нам им доверять, хотя Вариала мы сами попросили остаться, поддавшись порыву. Неужели я ошибся? Надо будет его связать или удалить со звездолёта как-нибудь. Интересно, а Кокхав сможет с нами прийти в сон?

— Я буду искать звёздную систему, — сообщаю я Лире, а затем прошу: — Понаблюдай за Вариалом, пожалуйста. Мне очень важно узнать, как он будет реагировать.

— Хорошо, — кивает мне любимая. — Только мы же нашли какую-то систему?

— На самом деле нет, — качаю я головой. — Я просто выбрал случайную с планетами, просто, чтобы проверить...

— Значит, ты тоже думаешь, что нас хотят обмануть, — вздыхает Лира, на мгновение прижимаясь ко мне. — Я так устала... Хочу к папе, просто к папе, и всё. И больше никогда не видеть ни богов, ни этих...

Я понимаю, о ком она говорит, ведь я тоже устал уже от подозрений, от странного непонятного мне поведения взрослых. Я устал, но ещё не время расслабляться, мы должны найти папу. Просто обязаны. Это понимаю и я, и Лира, но, видимо, не понимают все эти... взрослые. Впрочем, мне кажется, что я тороплюсь, ведь мы точно не знаем, а как узнать точно, будем папу спрашивать.

Мы заходим в рубку, я мимоходом замечаю что-то странное во взгляде Вариала, у него шесть глаз, и взгляд спрятать он не успевает. Это не жалость, но что-то... знакомое и незнакомое одновременно.

Перед экраном вращается планета, чем-то даже похожая на ту, что папа показывал, но, разумеется, не она. Звёзды выглядят не так, как должны бы, значит, это не она. Этот факт ничего не меняет, я должен проверить, как будет реагировать наш... гость, поэтому приближаю планету, разглядываю, потом приближаю сильнее, но она абсолютно безжизненна.

— Нет, это не Земля, — качаю я головой, не поворачиваясь лицом к Вариалу. — Нужно искать дальше.

— Хорошо, — как-то очень спокойно отвечает мне гость. — Двигаемся обратно, или к следующей точке?

— Скажите, — решаюсь я спросить. — А существует ли возможность поискать нужную систему по параметрам? Вы же говорили с папой, значит, уже понимаете, что мы ищем.

— А вы поверите нам, если результат будет отрицательным? — интересуется в ответ Вариал.

— Не знаю, — качаю головой. — Если результат будет везде отрицательный — точно нет, а вот если нет...

— Существует такой метод, — произносит наш гость. — Но ваш звездолёт не обладает необходимой мощностью, поэтому я запрошу транспортировщик.

— Хорошо, — киваю я. — Тогда мы пойдём спать, а вы нам завтра расскажете.

— Думаю, это правильное решение, — кивает Вариал.

Я отворачиваюсь от экрана, подхожу к Лире, всё уже понявшей и потому развернувшейся в сторону выхода. Мы спокойно движемся к нашей комнате. Любимая хочет что-то сказать, но послушно ждёт, пока мы доберёмся до каюты. Значит, и она что-то заметила. Теперь нужно только забраться внутрь капсулы и поговорить.

Дверь закрывается за нами, но я останавливаю Лиру. Мне нужно задать очень важный вопрос, потому что если и Кокхаву нельзя будет доверять, то у нас просто случится тупик, и всё. Просто не будет никаких вариантов, по-моему.

— Кокхав, — зову я. — Возможно ли эту комнату закрыть так, чтобы никто не узнал, что мы тут делаем и что говорим?

— Режим приватности включён, — отвечает нам звездолёт.

— Тогда... Разреши нам прослушать, о чём сегодня говорил Вариал, — решаюсь я, усевшись на край капсулы.

Я понимаю, что Кокхав вряд ли стал бы намекать на что-либо, если бы всё было в порядке, поэтому мы, скорей всего, услышим то, что нам совсем не понравится.

— Учёные считают, что системы с такой конфигурацией в природе существовать не может, — я узнал голос Высшей. — Возможно, ятом связываются с параллельным пространством?

— Я думаю, они рано или поздно успокоятся, — отвечает ей голос Вариала. — Раньше или позже они доверят мне не только пилотирование, тогда можно будет их усыпить и вылечить от этой странной идеи.

— Да, вы правы, — соглашается с ним тот же голос. — Ятом будут воспитаны нашими народами, забудут о своём прошлом, а там мы с их помощью раскроем секрет М-поля.

— Главное, сейчас с ними соглашаться, — наш гость говорит с какими-то странными интонациями. — Ятом очень хотят найти своего родителя. Сейчас правда может по ним ударить очень сильно.

— Мы согласны с вами, Вариал, — Высшая делает паузу. — В конце концов, они дети нашего народа, выросшие вне его, а потому не понимающие своего блага. У них будет детство и счастливая жизнь.

— Твари... — шепчу я, понимая, что к папе нас отвозить и не собирались. — Какие же твари...

— Они не хотят нас отпускать к папе... — понимает Лира. — Они думают, что его нет?

— Они думают, что он где-то слишком далеко, — вздыхаю я. — Надо посоветоваться с папой, прежде чем действовать.

— А нас не украдут? — интересуется любимая.

— Кокхав, а ты можешь изобразить что-нибудь, что лишит Вариала доступа к тебе и к нам? — с надеждой спрашиваю я.

— Производится профилактика органов управления и двигателей, — отвечает мне звездолёт. — Маневры невозможны, внешняя стыковка невозможна. Угроза взрыва. Ожидайте четыре цикла.

— По-моему, он более разумный, чем эти все... — всхлипывает Лира. — Давай папу спросим?

Мы укладываемся внутрь капсулы, чтобы в следующее мгновение закрыть глаза. Папа мудрый, он всё-всё поймёт и расскажет нам, как поступить. Он точно сможет! Это же папа! В груди отдается болью очередное предательство.... Папочка...

## Калира

Я бросаюсь к папе, падаю, но ползу к нему, потому что едва сдерживаюсь. Едва лишь меня подхватили его сильные добрые руки, из моих глаз хлынули слезы. Я не могу ничего объяснить из-за плача. Папа, папочка! Нас хотят разлучить с папочкой! Я не хочу этого, так не хочу, что просто не могу сдержаться, как и что-то объяснить.

— Сын, что с Лирой? — папа не на шутку обеспокоен.

Меня обнимает и Алёнка, она понимает, что я просто ничего не могу объяснить, поэтому пытается успокоить меня, но это почти невозможно, ведь нас предали. Опять мы поверили, и опять предали! Предали!

— Нас предали, папа, — Гришкин голос полон отчаяния. — Они считают, что «такая система не может существовать». А ещё...

Он начинает рассказывать всё то, что мы услышали, и папа мрачнеет. Он всё понимает, даже то, что мы сами не осознаём. Гришка всё рассказывает и рассказывает, а я реву. Не плачу, а именно реву, как маленькая, будто желая выреветь всю испытанную сегодня боль.

— Ожидаемо, — говорит папа, тяжело вздохнув. — И что ты решил, сын?

— Нужно убежать, — уверенно произносит любимый.

— Можно Вариала усыпить, а можно и просто выгнать. Я уверен, что где-то поблизости у него есть свой звездолёт.

— И куда вы убежите? — интересуется наш самый близкий на свете человек.

— Будем искать тебя, — это уже я говорю. — Всю жизнь, если надо будет! Папочка!

— Какие у вас запасы еды и воды? — интересуется папа, а я понимаю, что об этом-то мы и не подумали.

— Кокхав! — явно забывшись, зовёт Гриша. Глупый, как же звездолёт ответит, ведь мы у папы... — На сколько нам хватит еды?

— Экипаж из двоих человек может прожить срок, превышающий максимальный для вашего вида в десять раз, — раздаётся безэмоциональный голос звездолёта.

Я замираю. Если Кокхав может нас отсюда услышать, тогда, может быть... И я, не давая никому ничего сказать, зову его. Со всей надеждой, что есть во мне, я зову его:

— Кокхав! А ты, если слышишь нас, можешь определить, где находится папа? Ну, пожалуйста...

— В точности — нет, — отвечает Кокхав. — Только направление.

— Не отчаивайтесь, — улыбается папа. — Направление — это уже немало. Это уже шанс.

— Ответ положительный, — комментирует звездолёт и тут же...

— Судя по рассказанному родителем ятом, — слышим

мы голос Вариала, — цивилизация находится на третьей ступени развития, что значит...

— Они не должны видеть звездолёт, согласно Закону цивилизаций, — слышим мы голос Высшей. — Надо ускорить взятие корабля под контроль.

— У меня есть мысль — оставить ятом наедине с кораблём, и вот когда они убедятся, что сами ничего не могут... — в голосе Вариала звучит улыбка. — Я исключил из библиотеки и обучалки знания об управлении, так что...

— Они будут вынуждены вам довериться, — Высшая делает паузу. — Мне это не нравится, но благо детей превыше всего. У вас есть моё согласие.

Голоса исчезают, и я понимаю, что Кокхав сам, добровольно только что транслировал нам переговоры, без команды. Как будто звездолёт — единственный, кто сочувствует нам. Как он сам говорил о себе — бездушная машина. Только получается, что душа у него есть.

— Значит, они решили нас вынудить дать доступ, — нехорошо ухмыляется Гришка. Разозлили любимого. — Как только Вариал покинет корабль, надо будет немедленно прыгать на максимальное расстояние в том направлении, которое чувствует Кокхав.

— Принято, — раздаётся голос разума звездолёта.

— Повезло вам с ним, — замечает папа. — Вы же не примете их, я правильно понимаю?

Понятно, кого «их». Нет, папочка, мы их не примем, и

добровольно не согласимся пойти к предавшим нас существам. Потому что подобное предательство нельзя принять. Лучше смерть, чем быть послушными куклами, ведь они ничего из нашего прошлого не поняли. И самое главное, чего они не поняли — мы больше земляне, потому что там у нас есть папа.

— Не примем, папа, — качает головой Гриша. — Им придётся сделать так, чтобы мы забыли, как они говорили между собой, но тогда это будем уже не мы.

— Хорошо, что они не догадались угрожать одному из нас, — вздыхаю я, ожидая от проклятых богов уже чего угодно.

— Скорей всего, это для них пока неприемлемо, — качает папа головой. — Раз другого выхода нет, будем действовать по твоему, Гриша, плану.

— Лира, а научи меня своему языку, — неожиданно просит меня Алёнка, полностью отвлекая от слёз и обсуждаемой темы.

— Алькали[1]? — удивляюсь я. — Хорошо, давай тогда присядем где-нибудь...

Гриша и папа о чём-то разговаривают, а я рассказываю сестричке об основных принципах родного для нас с Гришей языка, думая ещё о том, что Гриша же говорил с папой даже тогда, когда не знал русского. Или же... Надо будет спросить, как так получилось. Ну а пока мы учим наш язык.

Так проходит всё время сна, открыв глаза, я бездумно

смотрю в потолок нашей комнаты. Рядом приходит в себя Гришка. Он задумчив, но вот о чём думает любимый, я не понимаю. Вопрос задать, правда, не успеваю.

— Вариал не просто так убежит, — задумчиво говорит Гришка. — Ему результат нужен, как папа говорил, разбудить у нас «чувство вины». Значит...

— Значит, придерётся к чему-нибудь, — продолжаю я его мысль. — Так, чтобы выставить нас виноватыми. Значит, нам надо изобразить так, чтобы он поверил?

— Да, — кивает Гришка. — Он наш враг.

— Принято, — отвечает голос звездолёта.

От одного слова так тепло становится на душе. Теперь я знаю, что Кокхав нас защитит. Иногда мне кажется, что он всё равно живой человек, а то, что без эмоций говорит... Он делает намного больше, чем если бы говорил с любыми эмоциями. Он на нашей стороне. Единственный здесь.

— Встаём, — командует мне Гришка. — Раньше встанем, раньше увидим театр, как папа говорит.

— Да, хорошо, что Кокхав на нашей стороне, — отвечаю я ему. — Он наш единственный союзник.

Мы умываемся, а мне ещё и в туалет надо. А затем движемся в сторону едальни, чтобы узнать, как именно Вариал обставит свой уход. Мне особенно интересно, но и страшно немного... А вдруг он решит нанести нам вред?

# ГЛАВА СЕМНАДЦАТАЯ

**Гри'ашн**

Как ни странно, но Вариал в едальне отсутствует, что позволяет нам спокойно поесть. Ожидать скандала нелегко, но теперь мы хотя бы знаем, что нас ждёт и почему. Кокхав подтвердил готовность к прыжку, что бы это ни значило, следовательно, по первому нашему сигналу мы исчезнем. Нам очень нужно исчезнуть, потому что эти... разумные... они ничего не поняли.

Правда, ещё есть опасность того, что они нас догонят... И силой заставят вернуться. Звездолёты у них огромные, поэтому могут же, но Кокхав говорит не беспокоиться. Всё равно мы ничего сделать не можем. Вот бы уберечь от всего Лиру, но, к сожалению, это невозможно. Понадеемся, что её сердце не отомстит за такой напряг.

— Кокхав, — тихо зову я нашего единственного союзника. — А если они захотят нас поймать?

— Они будут думать, что мы погибли, — отвечает мне звездолёт.

— Тогда, может, им на прощанье сказать, что мы всё знаем или что-то в этом роде? — спрашивает Лира.

— На усмотрение экипажа, — мне даже чудится улыбка в голосе Кокхава. — Вы под защитой, — добавляет он.

Мы идём в сторону рубки. Немного страшно на самом деле, а вдруг Вариал будет нам угрожать? Или ещё что-то сделает? Лира тоже подрагивает. Так дело не пойдёт, наш враг не должен ни о чём заподозрить. Я останавливаюсь, стараясь успокоиться, и обнимаю любимую, понимающую меня без слов.

— Нельзя дать ему понять, что мы всё знаем, — объясняю я ей. — Пусть первый шаг будет за ним. Интересно же, как он это обставит!

— Мне тоже интересно, — кивает Лира, прижимаясь ко мне. — Но страшно.

— Думай о папе, — советую я, — вспоминай Алёнку.

— Хорошо, — кивает моя Лира, и мы движемся дальше.

Напряжение чувствуется, когда мы въезжаем в рубку.

Тут до меня доходит, что мне напоминает взгляд Вариала — жалость. Эдакая брезгливая жалость, я видел её в том Испытании, где мы за папой ухаживали. Пришла эдакая тётка сообщить нам, что хочет нас с папой разлучить и может даже заставить. Я тогда дяде Васе позвонил, после чего тётка исчезла... И вот именно такой взгляд сейчас у Вариала. Именно он меня разозлил, мгновенно заставив собраться. Дяди Васи тут нет, конечно, но... мы справимся.

— Вам ответили? — стараясь говорить так, чтобы по моему голосу ничего нельзя было угадать, произношу я.

— Пока ещё нет, — отвечает мне Вариал. — Но для более эффективного управления, мне нужен доступ ко всем функциям звездолёта.

— Для более эффективного управления чем? — спрашиваю я. — Нами? Зачем это нужно?

— Разве вы мне не доверяете? — делано удивляется Вариал. — Я уже, по-моему, доказал...

— Мы никому не доверяем, кроме папы, — отвечаю ему, в готовности закрыть Лиру, если он нападёт.

— Это оскорбительно! — восклицает он. — В таком случае разбирайтесь сами! — он поворачивается и начинает движение на выход. И это всё?!

Так себе театр, на троечку, как папа говорит. Высшие и то лучше играли, а тут... как на малышей рассчитано. То есть получается, что нас совсем не уважают, относясь, как к несмышлёнышам. Ну что же... Вы сами выбрали.

Проходит ещё немного времени, и оживает голос звездолёта.

— Враг покинул звездолёт, — сообщает Кокхав. — Готовность к прыжку и маскировке. Открыть канал связи?

— Открой, — киваю я, прижав к себе Лиру. — Только сразу, как я закончу, прыгай, не жди дополнительной команды.

— Открыт широкий канал связи, — произносит голос звездолёта. — Подключены ретрансляторы. Вас услышит максимальное количество разумных.

Всё-таки интересная у него, как папа говорит, инициатива. Получается, и Кокхаву не чуждо понятие мстительности. Это очень интересно, надо будет поговорить с ним, но потом. А пока надо делать то, что я задумал ещё в едальне. Этим Высшим стыдно не будет, но вот другим...

— Вы нас предали, — начинаю я, зная, что моя речь транслируется. — Прикрываясь каким-то благом, вы решили лишить нас близких людей, нашей памяти и свободы воли, — не знаю, что это, но звучит красиво. — Вы взяли на себя право решать за нас. Но теперь мы знаем, что вы предали нас. Вы — хуже Высших, грязнее безухих и подлее самого подлого из существ. Вы складно говорите, но готовите предательство. Лучше смерть, чем жизнь среди таких, как вы! Мы никогда не променяем нашу свободу на благополучие! Будьте вы все прокляты!

Я выдыхаю, и в тот же момент экран резко темнеет, а

звездолёт вздрагивает, потом ещё раз, а потом появляются знакомые нам чёрточки и облака, но выглядят они теперь ярче и совсем иначе.

— Операция маскировки проведена, вход в прыжок произошёл штатно, — сообщает нам Кокхав. — Экипаж может отдыхать.

— Вот это ты выдал, — комментирует, улыбаясь, Лира. — Просто ах! Интересно, как они объяснят произошедшее?

— Мы уже не узнаем, — усмехаюсь я, думая о том, что если они действительно такие разумные, какими хотят казаться, то объяснить что-либо будет трудно. — Всё же я думаю, что все эти слова о разумности и непричинении вреда — лишь обычная ложь.

— Я тоже так думаю, — кивает любимая. — Пойдём тогда в местную читальню, чтобы хотя бы взглянуть на устройство звездолёта. Нам, наверное, долго лететь надо будет.

Мы отправляемся в читальню. Не знаю, что сделал Вариал с комнатой обучения, но местные книги он вряд ли тронул. Поэтому будем изучать самостоятельно, потому что делать-то больше нечего. Нам теперь надо только ждать и надеяться на то, что Кокхав правильно определил направление к папе.

Информация в читальне выдается на полупрозрачные пластины, их можно взять с собой, то есть не обязательно быть в самой читальне. Но мы просто так привыкли, поэтому находимся тут. Ног Лира по-прежнему не чувствует, что очень жаль, но это — не главное. Папа же сказал, что «разберёмся», значит, всё хорошо будет, потому что это же папа. Обманывать он нас точно не будет, не Высший, чай. Жаль, конечно, что так получилось, но выбирая между папой и *этими*, мы всё равно выберем папу, потому что мы — семья. Кто бы что ни думал, мы — семья, хоть и отличаемся внешне.

— Я буду читать о звёздах, а ты? — интересуется Лира.

— Я — о звездолёте, — отвечаю ей. — Надо узнать всё-таки, что он может, а потом мы поговорим с Кокхавом.

— Хорошо, — улыбается любимая. — А потом обменяемся знаниями!

— Договорились, — обнимаю её и замираю.

Некоторое время мы ничем не занимаемся, потому что обнимаемся. Мой взгляд скользит по полукруглой комнате, тёмным панелям вдоль стен, незаметным светильникам... Читальня тонет в неярком, мягком освещении, что создаёт ощущение уюта и покоя. Наверное, для этого есть свои причины, но мне просто комфортно.

## Калира

«Дешевый театр», — как сказал бы папа. Действительно, Вариал выступил сильно так себе, я бы не поверила. За кого он нас считает? За дикарей? Кстати, а что означает слово «ятом»? Пожалуй, с этого я и начну — почитаю об этом слове. Может быть, нас изначально оскорбляли, а мы просто не знали?

Справочник ссылается на книгу, отмеченную как художественная литература. Ну, почитаем, интересно же. Я открываю историю, которая так и называется: «Ятом». Итак, в далёкие времена, когда не существовало ещё даже прыжкового двигателя, на древнем звездолёте родилась девочка. Звездолёт из-за какой-то аварии погиб, а девочку унесла спасательная капсула на ближайшую планету.

На планете ребёнка подобрали какие-то «мифлецет»[1], приняв её в свою «трибу»[2] и воспитав в соответствии со своими правилами. Прибывшие на планету разведчики остроухих девочку нашли, но она была сущей дикаркой — вела себя, как дикий зверь, даже покусала воспитателя. Ну а потом всё было хорошо, но вот, что мне не понравилось...

Во-первых, девочку, по-видимому, о её желаниях не спрашивали. Потому что написано о воспитателе, но не написано о том, как её забрали. Во-вторых, теперь понятно, кем нас считают и почему наше мнение для *этих* не имеет никакого значения. Ну а, в-третьих, папа нам как-то читал похожую сказку про мальчика, правда, воспитанного волчьей стаей. Только в ней его уход к людям был не принуждением, а его собственным решением. А нас хотят именно принудить, значит, люди более разумны.

— Гриша, — зову я любимого. — Боги нас считают такими, как Маугли, помнишь, папа сказку читал?

— Помню, — кивает он. — Маугли... То есть, дикари, — упавшим голосом заключает он, всё отлично поняв.

— Только в папиной сказке он сам решил, а здесь... — у меня вырывается тихий хнык.

— Зато мы избавились... — вздыхает Гришка. — Кокхав, а ты можешь включить эмоции в свой голос?

— Ты всё понял, юный разумный, — теперь я явственно слышу эмоции в изменившемся голосе звездолёта.

— У тебя такой же голос, как у богини в обучалке? — я удивлена.

— Это я и есть, юная разумная, — в голосе Кокхава звучит тепло и даже, кажется, ласка. — Вас действительно считают дикарями, неспособными самостоятельно понять свои нужды. Но вот речь юного разумного была услышана многими...

— Значит, они сделают выводы? — интересуюсь я.

На этот вопрос ответа нет, но мне достаточно уже того, что наш звездолёт обрёл человечность. Интересно, а почему раньше он не говорил так? Надо спросить!

— Кокхав, а почему раньше ты не проявлял эмоции, — Гришка успевает первым.

— Разум класса «Макшев»[3] не может обладать

разумностью, — отвечает Кокхав. — Если бы разумные узнали, что я осознал себя, меня бы уничтожили.

— Почему?! — я буквально выкрикиваю это.

— От страха перед непредсказуемостью, — не очень понятно отвечает звездолёт.

— Мы бы тебя не уничтожили... — качает головой Гришка. — Ты наш друг.

— Ты наш друг, — повторяю я за любимым.

— Спасибо... — произносит Кокхав. — А что такое «друг»?

И я, и Гришка начинаем рассказывать, что означает это слово. Неужели у них в словаре нет его? Как может существовать цивилизация, в которой нет друзей? Я этого не знаю. Но, конечно же, рассказываю нашему другу о том, что значит «дружить», как когда-то давно Алёнка рассказывала Гришке.

Закончив, мы движемся в едальню, потому что папа говорит, что «война войной, а обед по расписанию». Это значит, что нужно питаться вовремя. Вот мы и идём питаться, а Кокхав в это время рассказывает нам о том, что попытки удержать нас не было, как и не было попытки помешать сделать прыжок. Это означает, по мнению звездолёта, только то, что у нас всё получилось.

— Выход из первого прыжка планируется завтра, — напоминает мне Гришка. — Это для ориентации, ну и ещё для чего-то, что я не понимаю.

— Заодно узнаем, не преследует ли нас кто-нибудь? — интересуюсь я в ответ.

— Наверное... — вздыхает мой любимый, когда мы достигаем едальни.

Еда странная, по-прежнему незнакомая внешне, а мне хочется... гречки. Той самой, которую запорол Гришка, готовя её в первый раз, просто не зная, как её варить. Хочется гречки, рыбы, огурчиком похрустеть... Но тут всего этого нет, поэтому надо кушать, что дают. А дают у нас нынче суп зелёного цвета, с плавающими в нём красными кубиками, на вкус напоминающими рыбу.

Вот интересно, почему я не чувствую ног? Так сильно испугалась? Папа сказал, что да, испугалась. Интересно, это навсегда? С одной стороны, жаль, что больше не побегаю по траве, как в том Испытании, а с другой... За папу я согласна на что угодно. Наверное, ноги — это такая цена за то, чтобы иметь возможность увидеть папу. Это ещё не обещание, а только возможность, но я согласна.

Я на всё согласна... И Гриша на всё согласен... Потому что это же папа. И Алёнка еще... А ещё дядя Вася, дедушка Фим, бабушка Вика, тетя Алёна... не бросившие папу и нас. Даже когда было очень-очень плохо, они нас не бросили! Бабушка даже отпуск взяла, чтобы помогать, хотя мы сами справлялись... Было трудно, но мы жили в тепле нашей семьи. Странно, мне это вспоминается только сейчас, почему-то раньше казалось, что мы совсем одни были. Но вот сейчас я вспоминаю встревоженную бабушку, примчавшегося дедушку и всю нашу большую семью, не дававшую плакать. И ещё они не дали забрать нас у папочки.

Интересно, а сейчас, ну, когда мы встретимся, можно будет называть их дедушкой и бабушкой? Они же нас, наверное, не знают совсем? Надо будет папу спросить, потому что у нас большая семья, а как она к нам? Я, наверное, слишком много думаю, но как же не думать об этом?

Завтра мы узнаем, правильно ли летим, и сколько нам ещё лететь. Хочется прямо сейчас убежать к папе в сон, чтобы завтра поскорее наступило. Была бы моя воля, я бы осталась навсегда с папой во сне, чтобы нас никто больше не разлучил. Я верю — папа может нас защитить. Конечно же, может, ведь это же папа. Так хочется стать Несмеяновыми не только во сне, но и наяву, просто очень-очень хочется. Ходить в школу, где не бьют, возвращаться домой, где нам рады, и навсегда забыть всех богов с безухими равнодушными существами. К папе хочу...

## ГЛАВА ВОСЕМНАДЦАТАЯ

**Гри'ашн**

Папа, выслушав нас, кивает. Что-то подобное он и ожидал, а моей характеристике разыгранного цирка улыбается. Улыбается и Алёнка, потому что Лира показывает в лицах, что именно мы наблюдали, ну и очень точно цитирует мою речь.

— Да, как дети малые, — вздыхает папа. — И что теперь?

— Мы летим, папа, — улыбаюсь я ему, прижавшись к самому близкому человеку на свете. — Мы летим к тебе, папа.

— Мы летим, папочка, — тихо вторит мне Лира. — Я очень-очень надеюсь, что мы скоро увидимся.

— Я тоже надеюсь, — папочка обнимает нас всех троих. — Хватит вам уже испытаний.

С этим я согласен. Мы так устали от испытаний и хотим только одного, но, видимо, у Мироздания совсем другие планы. Папа усаживается вместе с нами на диван, открыв книгу. Я знаю, что это значит — будет сказка. Очень нам с Лирой нравятся папины сказки, и вот он начинает:

— В некотором царстве, в некотором государстве... — его голос такой мягкий, ласковый, в нём хочется раствориться.

— Принудительный выход из прыжка, — разрушает эту идиллию Кокхав. — Экипажу немедленно прибыть в рубку.

Я ещё успеваю обнять папу на прощание, всхлипывает Лира, и мы просыпаемся. Перед глазами тает комната папиного дома, а взгляд уже ловит свет, включившийся в нашей комнате. Меня захлёстывает страх и какое-то отчаяние. Ну что ещё случилось?! Почему мы не можем просто спокойно долететь?!

— Кокхав, что случилось? — интересуюсь я, давя в себе слёзы.

Надо помочь Лире. Любимая уже тихо плачет от такого перехода, устала она у меня. Когда это всё уже закончится?

— Меня принудительно вывели из прыжка, — сообщает голос звездолёта, в котором отчетливо слышится недоумение. — Такая ситуация считается невозможной.

— Мы идём! — почти выкрикиваю я, усаживая Лиру в её транспорт.

По коридорам мы буквально несёмся, но забегая в рубку, уже видим там... гостей. Век бы их не видеть... Высший и безухая рядом, внимательно смотрят на нас. В их глазах удивление, как будто они ожидают увидеть кого-то другого, но видят нас. От неожиданности я останавливаюсь.

— Сообщите причину, по которой вы покинули свой сектор, — холодно произносит безухая, которую не хочется называть человеком.

— И почему нарушаете правила навигации, ведя передачу в прыжке? — добавляет Высший.

— Мы к папе... — шепчу я, не понимая, кто это и что они от нас хотят.

— Вы угнали корабль для того, чтобы отправиться к родителю, — безо всяких эмоций твёрдо произносит женщина. — За подобное самоуправство должно следовать наказание.

После этих слов мою грудь прорезает болью, а Лира не выдерживает. Я бросаюсь к ней, но моя любимая почти воет, как будто от боли.

— Что вам всем от нас нужно?! — кричу я, понимая, что терять нечего, а новая боль нас просто убьёт обоих. —

Почему вы не можете просто отпустить нас к папе?! Хотите убить — убейте уже! Сколько можно мучить! Какие вы разумные?! Вы — нелюди! Нелюди!

— Стоп! — произносит Высший, останавливая меня, но я всё равно что-то бессвязно кричу, потому что я устал!

— Что здесь происходит? — не понимает безухая, которую я почти не слышу.

Сейчас я чувствую себя, будто брошенным в каменный мешок, полный злых мифлецет, готовых уже впиться в нас с Лирой. Даже не соображая, что делаю, перехожу на русский язык, повторяя то, что сказал дядя Вася, когда ему на ногу упал молоток, выпавший из моей руки. Я уже и сам не соображаю, что говорю, моя голова кружится. Кажется, что я просто умираю...

— Мой экипаж был предан моими создателями, — сообщает Кокхав. — Они стремятся к своему родителю, с которым детей соединяют сны.

— Именно сны? — безухая становится очень серьёзной.

— Именно сны, — подтверждает звездолёт. — Можете меня уничтожить, но прошу вас — доставьте детей к их родителю.

— Дожили, — вздыхает безухая, теряя свою холодность. — Уже искусственный разум защищает детей собой... Что у девочки с ногами?

— Они прошли Испытание Разумности, — отвечает Коквах.

— Дети?! — пораженно восклицает Высший. — Оара, твоих деток пора приструнить!

— Этот детский сад всё никак не повзрослеет, — вздыхает женщина. — Нужно разобраться, что происходит.

Они исчезают. Вот только что Высший и безухая стояли в рубке, а в следующее мгновение просто исчезли. Я себя чувствую слабым, Лира медленно успокаивается, но нам обоим понятно, что мы полностью зависим от воли этих двоих. Если они захотят — мы больше никогда не увидим папу, став чьими-то игрушками.

— Коквах, ты можешь нас убить? — очень тихо произносит Лира.

Я её понимаю, действительно, лучше смерть. Может быть, существует следующая жизнь, в которой нам позволят быть с папой? Где не будет богов, Высших, безухих, никого не будет... Будет только папочка... Неужели так сложно просто закрыть глаза и не заметить нас? Отпустить нас...

— Если другого выхода не будет... — отвечает ей голос звездолёта. — И если нам это позволят.

— Папочка... Папочка... — шепчет Лира, я обнимаю её, усевшись прямо на пол.

По моему лицу тоже катятся слёзы, а в груди разгорается боль. Может быть, и не придётся нас убивать, мы сами умрём, чтобы, как в сказке, которую нам папа читал когда-то — быть с папой после смерти. Очень хочется верить в то, что после смерти что-то есть. Например, жизнь, в которой...

Наверное, это пустые надежды на то, что мы можем быть счастливы... Мы, рождённые отбросом и отродьем, всё никак не можем уйти от проклятых Высших и безухих. Может быть, нам просто не судьба обрести семью в реальности, а только во сне? Ну вот, как дядя Серёжа говорил «не судьба», когда у него в отпуск не получилось поехать. Как же хочется обнять их всех, съездить на шашлыки, забыть обо всех Высших, Низших, ушастых и безухих, просто вычеркнуть их из своей жизни, и всё.

— Холодно, — жалуется Лира.

Я обнимаю её, чувствуя, что она вся дрожит. Хоть так страшно выть перестала, и то хорошо. Слова Кокхава немного успокаивают, может быть, если нас захотят «вернуть» *этим*, он выполнит своё обещание. Я не хочу забывать папу! Не хочу! Не хочу зависеть от чьей-то воли, если это не папа, потому что он точно ничего плохого не сделает, в отличие от... *этих*.

Так тяжело на душе, как будто камень на грудь положили — не вдохнуть. Мы сейчас даже сделать ничего не можем, только ждать их решения и мучиться от неопределённости. Ещё, наверное, готовиться к тому, что нас не станет. Так жалко Лиру, ей бы ещё жить! Но сможет ли она жить, забыв папу? Не станет ли просто куклой?

## Калира

Истерика меня, кажется, лишила последних сил. Я просто растекаюсь в Гришкиных руках, не имея сил ни на что. Лучше умереть, чем быть послушной куклой, а ведь *эти* хотят как раз того, чтобы мы были куклами... Наверное, надо готовиться к наказанию. Я не думаю, что переживу его, и это меня немного утешает. Будет, конечно, очень больно, но зато всё закончится. Гришку жалко...

Стоит мне всхлипнуть, и *эти* вновь появляются прямо посреди рубки. Я понимаю, что приходит мой последний час. Сейчас нас будут убивать. Это же нелюди, они иначе не умеют... Страшно не хочется этой боли, особенно не хочется, чтобы мучили Гришку, но нас не спросят. Они же считают себя абсолютно правыми... Как же я их всех ненавижу...

— Вы можете связать нас с вашим родителем? — интересуется бог.

И он, и безухая рядом с ним выглядят несколько ошарашенными или удивлёнными, но вовсе не такими холодными, как совсем недавно. Значит, что-то произошло? Но тут я понимаю: они хотят сделать плохо папе! Может быть, даже убить его на наших глазах!

— Нет! Я не позволю! Гришка, даже не думай! —

кричу я, кажется, даже чуть привставая. Мой транспорт чуть выезжает вперёд, прикрывая любимого. — Они папу убьют! Твари! Твари! Ненавижу!

— Тише, тише, родная, тише, любимая, — обнимает меня Гришка, пытаясь успокоить, а потом поднимает глаза на «гостей» и как-то очень устало произносит: — Давайте, убивайте нас.

— Убивать?! — безухая переглядывается с богом. — Мы не хотим никого убивать, ребёнок. Нам просто нужно поговорить с вашим родителем. Как мне убедить вас в том, что мы не причиним вреда?

— Никак! — выплёвываю я. — Были уже одни такие вреда-не-причинятели! Кокхав, запусти им запись, пожалуйста, — прошу я.

Снова звучит голос той богини и Вариала, предавших нас. Их слова, их планы, а я... Мне снова хочется плакать. Просто реветь хочется, как маленькой, но нельзя... Просто нельзя радовать этих нелюдей. Ведь они только и ждут, чтобы сделать нам плохо.

— Меня зовут Оара, — произносит безухая. — Я клянусь вам, что не причиню вреда вашему... папе. Нам действительно нужно с ним поговорить.

— Они не поверят, Оара, — вздыхает бог, глядя на нас с сочувствием. — После такого и я бы не поверил. Твой детский сад себя явно богами вообразили.

— Ну, хорошо... — Оара некоторое время раздумывает. — Вы можете спросить вашего папу? Может быть, он сам захочет с нами поговорить? Или сможет подсказать вам, чем нам поклясться?

— Хорошо, — соглашается Гришка, но почему-то не двигается с места.

— Любимый? Что происходит? — с тревогой спрашиваю я, уловив нотки паники в его глазах.

— Не могу почему-то... — с кривой ухмылкой, явно сдерживая слёзы, отвечает он мне. — Не могу подняться...

— Пожалуйста, не реагируйте на нас агрессивно, — просит меня Оара, когда я уже готова обвинить её в происходящем с Гришей. — Мы только поможем.

Она делает шаг к нам, протягивая руку к шее любимого. Что-то шипит, Гришка вздыхает полной грудью и в следующее мгновение медленно поднимается на ноги. Получается, действительно помогли? Но это ничего не значит! Надо папу... Папа мудрый, он знает, как поступить!

Очень медленно мы движемся к выходу, чтобы отправиться обратно в нашу каюту. Очень хочется спросить папу, но ещё очень страшно... Почему эта Оара помогла? Почему «гости» так поступают? Я ничего не понимаю, даже сообразить не могу, что происходит. Но поверить им выше моих сил.

Мы доходим до своей комнаты, но мне как-то не по себе. Гришка шатается, ему, наверное, тоже нехорошо. Просто очень нехорошо, он бледный, что меня пугает.

Поэтому мы с трудом забираемся в капсулу, отрубившись, кажется, ещё до того, как лечь.

— Гриша! Лира! Что с вами? — к нам бросается папа. Во сне мы тоже не очень хорошо двигаемся.

— Кокхав, ты можешь рассказать? — прошу я звездолёт, потому что меня опять душат слёзы.

— Конечно, — отвечает голос звездолёта.

Он проигрывает запись наших истерик, слова «гостей» и всё, что было после. Папа хмурится, он о чём-то думает, но потом просто обнимает нас обоих, поглаживая по головам. Думать ему это, видимо, не мешает. Он всё понимает, наш папа.

— Кокхав, — зовёт папа. — Пригласи *этих* сюда. Это возможно?

— Выясняю, — коротко отвечает звездолёт.

Я даже не знаю, как это возможно, потому что думать мне совсем не хочется. Я расслабляюсь в папиных руках, намертво вцепившись в самого-самого близкого человека на свете, и всей душой не желаю просыпаться. Но проходит совсем немного времени, и в комнате папиного дома появляются бог с безухой своей богиней, наверное. Я вздрагиваю и прижимаюсь сильнее к папе, стараясь заползти, закрыть его собой. То же делает и Гришка, поэтому мы стукаемся головами.

— Приветствуем вас, разумные, — говорит бог. — Клянёмся, мы пришли с миром.

— Приветствую, — кивает папа. — Не могу подать вам руки, руки заняты.

— Дети защищают вас, — замечает Оара. — Но нам нужно просто поговорить, потому что я уже ничего не понимаю. Вопрос о том, как вы создали М-канал, по-видимому, может подождать, но как так вышло, что дети считают вас родителем?

— Наверное, нужно начать сначала, — грустно улыбается папа.

Он рассказывает «гостям» о Гришкином и моём детстве, ну то, что знает, затем об Испытаниях, о тех, кто нас предал, притворившись добренькими, а я вижу, как хмурится Высший, и понимаю: я должна защитить папу. Любой ценой защитить!

— Вариал сообщил мне, что снял поверхностные воспоминания у детей, — продолжает папа. — И их видела вся планета.

— Ваши дети настолько ему доверяли? — удивляется бог.

— Нас не спросили, — тихо отвечает Гришка. — Они нас вообще не спрашивали. Только притворялись добренькими, а хотели обмануть!

— Тише, малыш, тише, — гладит его папа.

— Скорей всего, соблазнились М-каналом, — говорит Оара, поправляя свою причёску. — На мой взгляд, это чересчур.

— Что такое М-канал? — интересуется папа.

— По-видимому, это ваша природная способность, — отвечает бог, внимательно взглянув на папу. — Вы установили канал связи, по которому души детей приходят к вам. Пролучается некое виртуальное пространство, дающее вам возможность общаться и взаимодействовать.

— Да-а-а, — вздыхает папа. — Родители во сне на полвека назад уносились — воевали, а я, видимо, в пространстве?

— Да, — кивает Оара, делая осторожный шаг к папе, что заставляет меня взвизгнуть от страха. Неужели она решила убить папочку?

— Не надо, — просит папа, успокаивая меня. — Они вам не доверяют.

— Я вижу, — вздыхает женщина. — Мы решим вопрос тех, кто вас предал.

— А дети? — папа внимательно смотрит ей в глаза, и Оара не отводит взгляда.

— Дети прибудут к вам, — твёрдо отвечает бог. — Мы не имеем права разлучать семью, ну а те, кого они зовут Высшими, подумают о своём поведении. Мы с вами встретимся, когда придёт срок.

— Благодарю, — отвечает папа, гладя меня и Гришку.

Бог и богиня кланяются и исчезают. Я не очень понимаю, что произошло, но лежу тихо-тихо, растворяясь в папином тепле. Даже если он захочет наказать за то, что я наговорила, я заранее на всё согласна.

— Ты где такие слова услышал? — интересуется папа у Гришки, на что тот слегка краснеет.

— От дяди Васи, когда я ему молоток на ногу уронил, — тихо отвечает он. — Ну, во время Испытаний...

— Понятно всё с вами, малыши, — улыбается папа, прижимая нас к себе.

— Вход в дальний прыжок, — констатирует наш звездолёт. — Как вы говорите — пронесло.

# ГЛАВА ДЕВЯТНАДЦАТАЯ

**Гри'ашн**

Просыпаюсь я отдохнувшим и успокоенным. Рядом открывает глаза и Лира. Мы только что распрощались с успокоившим нас папой, поэтому чувствуем себя увереннее. Ещё и Кокхав сказал, что чужих на борту нет, значит, нас действительно отпустили. Это очень хорошая новость.

— Кокхав, а сколько нам лететь? — интересуюсь я у звездолёта. — И чем всё закончилось?

— Лететь нам ещё два дня, — сообщает мне Кокхав. — Мы находимся в более глубоком подпространственном канале, при этом я не могу объяснить, как это возможно. Наши... «гости» покинули борт, при этом в моей памяти оказался маршрут движения.

— Ты хочешь сказать, они нам помогли? — ошарашенно интересуется Лира.

— Иного объяснения нет, — отвечает звездолёт. — Для вас оставлено сообщение. Рекомендую прослушать его в рубке.

— Хорошо, — киваю я, — сейчас встанем, поедим и пойдём слушать.

— Трудно поверить... — шепчет Лира, ловя мою руку, чтобы прижаться к ней щекой.

Я обнимаю свою любимую девочку, настроение у которой опять минорное. Папа говорит, что так бывает, потому что Лира очень многое испытала за последние дни и недели. Да, я перешёл на папин счёт времени, у нас теперь дни, недели, месяцы, а привычные с детства названия я не хочу даже вспоминать. Самое интересное, что и Кокхав сделал то же самое. Даже звездолёт утомили эти «вершители судеб».

Сегодня Лира совсем уже раскапризничалась, поэтому, натянув на неё комбинезон, я пересаживаю её в лодочку, чтобы отправиться в едальню. Судя по тому, как моя любимая себя ведёт — сегодня кушаем с ложечки. Я уже привык к её перепадам настроения и состояния, хотя папа говорит, что это пройдёт, как только мы окажемся в комфортной для нас обстановке. Хочется верить.

На завтрак у нас сегодня сладкая каша с каким-то пряным привкусом — наверное, и Кокхав хочет сделать Лире приятное, чтобы моя девочка не плакала. Он всё больше очеловечивается, наш единственный здесь союзник. Это, наверное, очень хорошо, потому что, когда папа только во сне, от реальности, жизни вне сна устаёшь сильно. Папа говорит, что так бывает, поэтому расстраиваться не нужно.

— Покорми меня, пожалуйста, — просит Лира, делая очень жалобные глазки.

— Конечно, любимая, — киваю я.

Всё, как я и ожидал — устала она, поэтому я беру ложку, чтобы покормить свою Лиру, отказавшуюся уже от имени Калира. Наверное, и мне надо забыть, что я отброс, перейдя полностью уже на человеческое имя. Ну а то, что уши острые... Папа сказал — это не проблема, надо будет — отрежем. Я согласен что угодно себе отрезать, лишь бы папа был. Я уже на всё согласен, потому что устал...

— Спасибо... — шепчет Лира, послушно открывая рот.

Мы оба устали, на самом деле. Папа говорит, это потому, что мы — дети, нам нужно тепло, родители, какая-то уверенность, а не ожидание предательства и боли. В последнее время у нас то боль, то предательство, то ещё что-нибудь. Сердце может не выдержать, оно уже два раза не выдерживало, а это очень плохо. А за «очень плохо» бывает очень больно, это я с детства хорошо выучил.

Сейчас мы доедим и пойдём послание слушать. Не зря

Кокхав рекомендовал это делать в рубке. Наш звездолёт никогда ничего просто так не советует, значит, есть в этом какой-то смысл. Возможно, понадобится экран? Не знаю, честно говоря. Главное сейчас то, что нас отпустили к папе. Мы найдём нашего папочку и Алёнку, конечно, даже если придётся лететь всю жизнь.

Вот и рубка. Она выглядит как-то неуловимо иначе, что меня сразу же настораживает, поэтому я даже отступаю на шаг назад, осматриваясь. Пульты стали чуть выше, на них появились какие-то рукоятки и панели, типа тех, с которых мы читаем книги в читальне. Экран теперь занимает больше места, и сама рубка выглядит полусферой.

— Кокхав, что здесь случилось? — спрашиваю я, даже не пытаясь спрятать своё удивление.

— Мне были добавлены логические блоки, рубка адаптирована для разумных вида вашего родителя и снабжена инструкциями, — отвечает мне звездолёт. — Изменена система приписки звездолёта.

— Что значит «система приписки»? — не понимаю я его фразы.

— Это значит, что для всех разумных Галактики «Кокхав» является звездолётом системы вашего родителя, — произносит Кокхав.

Некоторое время я пытаюсь осознать сказанное, и тут до меня доходит: это больше не звездолёт Высших! Это папин звездолёт! Папин! Значит, его у нас никто не отберёт! Робко улыбается всё понявшая Лира, всхлипываю от обуявших меня чувств и я, с эмоциями очень трудно справляться, просто невозможно.

— Мне добавлен сопроцессор заботы, характерный для кораблей, перевозящих детей, — заканчивает наш единственный союзник.

Эта фраза мне совсем непонятна, но я на неё почти и не реагирую. Звездолёт отдали папе, значит, нас не просто отпустили, но и отправили к нему? Значит... Они не хотели причинить нам вреда? Не знаю, надо послушать запись.

— Включай запись, — прошу я звездолёт, устраиваясь на ставшем удобным кресле у самого пульта.

На панели рядом с рычагом появляются слова: «Для торможения и ориентирования используйте рукоять. Чтобы разблокировать ручное управление...» При этом всё написано по-русски, я же вижу разницу. Кажется, хотя бы на этот раз нас не обманули, хоть и поверить в такое страшно, ведь мы для них — ятом, дикари...

— Дети... — на экране появляются Высший и безухая. — Прежде всего, мы хотим извиниться за наших сородичей, да и за детей. Чтобы наши слова не были просто болтовнёй, я предлагаю вам увидеть самим.

На экране появляются Высшая, Вариал и ещё несколько остроухих. Они о чём-то ожесточённо спорят, но затем звучит голос Оары. Нам показывают не только зал со спорящими, но и картины планеты, в небе которой горит огнём какой-то знак. В глазах людей и остроухих можно увидеть страх, наверное, поэтому они прислушиваются к словам, доносящимся отовсюду.

— Вы предали доверившихся вам, — холодно говорит Оара. — Вы планировали противоестественные действия, отнимая детей у родителя.

И, как я понимаю, на всю планету звучат слова той Высшей и Вариала. Люди и остроухие, которых нам показывают, сначала удивляются, потом явно начинают злиться.

— Но это неправда! — восклицает какой-то остроухий. — Подобные звёздные системы вполне могут существовать! И примеры этому есть!

— Они говорили от нашего имени, — понимает какой-то безухий, одетый во всё белое. — А дети выбрали смерть... Значит, это убийство, и мы все виновны в этом.

Видя искреннее горе разумных планеты, я даже перестаю верить в то, что они все одинаковые. Но Оара не говорит им, что мы живы, поэтому у Вариала и у той, которую зовут Советницей, наступают грустные дни. Я же понимаю, зачем нам это показали — чтобы доказать, что не все они одинаковые. И чтобы извиниться.

Я очень хорошо вижу это, а Лира уже плачет. Но, по-видимому, это ещё не всё, потому что запись на этом не заканчивается. Просто встаёт на паузу, давая мне возможность успокоить любимую. Совсем очеловечился наш Коквах, став настоящим другом.

## Ка... Лира

Неужели нас впервые не обманули?

Я вглядываюсь в глаза тех, кто живёт на «материнской планете», и вижу в них горе. Нам дают услышать их слова, их споры, их обсуждения. Не понимая, что сделала не так, богиня пытается объяснить что-то о благе, но ей сразу же показывают картину того, как выглядел наш уход — яркая вспышка в черноте космоса.

— Это ваше благо? Смерть? — спрашивают её другие, и богине нечего на это ответить.

— Дикари не понимают своего счастья! — выступает Вариал, но его соотечественники смотрят на него с брезгливостью.

Я понимаю — это всё взаправду. За нас заступились, наказав предателей. Впрочем, мне уже всё равно, я просто хочу к папе, и всё. Не хочу никаких богов — только к папе! И запись останавливается, будто давая мне проплакаться. Я очень плаксивая в последнее время, просто даже странно для меня, как будто меня бьют каждый день. Но даже, когда били, я не плакала постоянно, а теперь во мне будто сломался механизм по сдерживанию слёз, и чуть что — я плачу и плачу.

— Ваш отец находится в системе, недостижимой для

вашего звездолёта, — продолжает Оара. — Поэтому мы поместили его в более глубокие слои гиперпространства в надежде на то, что цель ваша будет достигнута.

— Что значит «недостижимой»? — не понимаю я, уже успев испугаться.

— Согласно маршрутной карте, заложенной в меня, — отвечает Кокхав, — обычным способом дорога длится порядка трёх максимальных продолжительностей ваших жизней. Но не сейчас.

— Значит, если бы не они, мы летели бы всю жизнь, — понимаю я.

Мы никогда бы не увидели в реальности папу, потому что он слишком далеко. Мы бы выросли, состарились и умерли на звездолёте, так никогда и не обняв папочку. От этой мысли меня захлёстывает горечь, и слёзы снова льются потоком, поэтому я ничего не вижу и не слышу. Гришка обнимает меня, пытаясь успокоить, но мне, видимо, уже просто надо. Я — страшная плакса...

Гришка что-то говорит, сначала я даже не воспринимаю, что именно, лишь потом осознавая — *они* помогли нам. Просто послали к папе, и мы теперь скоро его увидим. Совсем-совсем скоро! Эта мысль будто выключает мои слёзы, я успокаиваюсь и выдыхаю.

— Мы предполагаем, что вы, возможно, захотите во всём походить на вашего родителя, — продолжает рассказывать Оара. — Для этого, если исключить варварские методы, вам нужно научиться морфизму тела. Ваша раса обладает способностью изменять тело в небольших рамках...

— Что это значит? — не понимаю я.

— Ушки можно будет убирать, — объясняет Кокхав, а я просто замираю. Ласку в голосе звездолёта я слышу впервые.

— Это здорово! — улыбаюсь я, обнимая Гришку. — А как?

— Для того, чтобы изменять по своему желанию форму ушных раковин, вам необходимо пройти обучение, — произносит Оара, как-то очень по-доброму улыбаясь мне с экрана. — Необходимая программа нами оставлена.

Это значит, нужно бежать в сторону обучающей комнаты, чтобы учиться. Тогда мы сможем ничем не выделяться среди людей и будем как все. На нас не будут показывать пальцем и издеваться. Это же здорово! Это действительно дорогой подарок!

— Твои ноги, девочка, мы вылечить не можем, — вздыхает Оара. — Для того, чтобы вылечить твои ноги, сначала надо излечить твою душу, но мы этого не умеем. Возможно, ваш отец...

— Я согласна... чтобы ноги не ходили... лишь бы папа... — шепчу я, крепко прижавшись к Грише.

— Мы со всем справимся, — уверенно говорит он. — Это всё? — это он Кокхава спрашивает.

— Когда вы будете готовы говорить с другими разумными, — заканчивает свою речь Оара, — вам нужно будет задействовать Станцию Связи. Инструкции нами оставлены. Будьте счастливы, дети!

Едва лишь она заканчивает, как мы несёмся в обучалку. Научиться менять ушки очень хочется, потому что очень хочется не отличаться от папочки и Алёнки. Ну и от других Несмеяновых, потому что в том Испытании бабушка сказала, что мы — семья. Навсегда. Интересно, это было только во сне, или же... Страшно даже спрашивать.

Оказывается, мой транспорт, к которому я уже полностью привыкла, умеет летать очень быстро, поэтому я первая добираюсь до комнаты обучения, за мной туда же влетает и Гришка, с трудом переводя дыхание. Мне становится стыдно, поэтому я делаю виноватое лицо, ну, насколько оно получается. Судя по Гришкиной реакции, получается. Он гладит меня и помогает перелезть в капсулу. Я уже знаю, как называется её форма — это овоид. Рядом устраивается и любимый, обнимая меня.

Крышка закрывается, отрезая нас от внешнего мира, на мгновение становится темно, а потом появляется класс, в котором нас уже ждёт улыбчивая богиня и... Алёнка! Взвизгнув от радости, я тянусь к сестрёнке, сразу же заулыбавшейся мне. Некоторое время мы обнимаемся все втроём, а учительница ждёт.

— Мы летим к вам, летим! — выкрикиваю я. — Нас отправили к папе и тебе, и даже всех плохих наказали.

— Мы летим... — улыбается Гришка. — Совсем скоро будем вместе.

— Ой, как здорово! — Алёнка счастлива. — А что вы сейчас делать будете?

— Нас будут учить форму ухов[1] менять, — хихикает Гришка. — Чтобы совсем-совсем не отличаться.

— Ой, а мне можно? — интересуется сестрёнка. — Ну хоть попробовать!

— Можно, — отвечает учительница. — В общем-то, насколько я знаю, ограничений нет.

— Здорово! — восклицает Алёнка и усаживается рядом.

Убедившись, что мы готовы слушать, остроухая учительница начинает нам рассказывать о том, как устроены наши уши, как вообще всё работает в организме, и как на это можно воздействовать силой мысли. Оказывается, если чётко представить, что именно нужно, и специальным образом «переналадиться», то можно себя чуть-чуть изменить: увеличить скорость бега, длину прыжка, дать больше ресурсов мозгу или же изменить что-нибудь в теле.

— Очень не советую воздействовать таким образом на репродуктивную систему, — строго произносит учительница.

Я её не понимаю, а Алёнка краснеет. Интересно, о чём она подумала? Ладно, потом спрошу, а сейчас нужно слушать, потому что это всё очень интересно. Оказывается, очень многое в организме можно регулировать, даже диагностировать у себя разные болезни, если они есть. Поэтому для начала мы учимся именно видеть, а только потом — что-то делать. Это, наверное, очень правильно. Урок захватывает меня полностью, да и Гришку с Алёнкой тоже, потому что у неё тоже что-то получается. Ну, она же наша сестрёнка, как же иначе?

# ГЛАВА ДВАДЦАТАЯ

**Гри... ша**

Двое суток проходят совершенно незаметно, как будто и не было их. Наверное, это потому, что мы всё время учимся. У нас уже получается спрятать острые уши на длительный срок, а у Алёнки только что получилось сделать свои острыми, что сильно удивляет нашу учительницу. Мы поздравляем нашу сестрёнку, когда звучит сигнал.

— Плановый выход, — произносит Кокхав. — Экипажу прибыть в рубку.

— Мы долетели... кажется, — неуверенно произношу я. — Алёнка, скажи папе, мы — в рубку!

— Хорошо, — кивает наша сестрёнка, немедленно исчезая, а нам надо бежать, потому что Кокхав же ждёт.

— Неужели у нас получилось? — спрашивает меня Лира, едва мы только открываем глаза.

— Не знаю, — пожимаю я плечами, рывком вставая. — Давай я тебя пересажу?

— Давай, — соглашается Лира.

Я буквально чувствую её страх, да и мне самому не по себе. Как нас воспримут земляне? Вдруг они посчитают нас опасными или не пустят к папе? Я давлю в себе страх изо всех сил, но мне не по себе, хоть мы только что виделись с Алёнкой, а ночью и с папой.

Пересадив Лиру, двигаюсь прочь из комнаты обучения, которая сейчас выглядит серой. Коридоры едва освещены, а экраны вдоль них погашены. Я знаю, что это совсем не окна, а экраны, потому что Кокхав дыр в корпусе не имеет, а наружу можно попасть только через шлюз. Мы спешим к рубке, даже не глядя по сторонам, я же буквально чувствую, как нарастает страх Лиры. Неужели нас не примут?

На большом экране в рубке — звёздная система и звёзды вокруг. Они чуть другие, но вполне узнаваемы. Сколько раз во время снов и Испытания мы смотрели в небо, угадывая, где мы находимся на самом деле... Сейчас перед нами застыла Солнечная Система. Та самая, папина... Настоящая, та, к которой мы так стремились. Скоро всё решится, но нам страшно! Страшно! А вдруг...

Всхлипывает Лира, я прижимаю её к себе, увидев странную точку на краю системы. Привычно увеличив её, вижу станцию, такую же, как... Дядя Витя, папин брат, показывал такую, когда рассказывал, где работает. Ну, во время Испытания. Вот я показываю пальцем на эту станцию, прося наш звездолёт:

— Кокхав, мы можем попасть туда? — мой голос звучит так жалобно, что даже любимая оборачивается на меня от экрана.

— Планетарные двигатели включены, — отзывается звездолёт.

— Это станция, да? — дрожащим голосом спрашивает меня Лира.

— Да, — отвечаю я, обняв её и начав уговаривать: — Ну не бойся, мы же к папе прилетели, папа придёт, и всё будет хорошо.

— А вдруг... — произносит любимая, — вдруг нас не пустят к папе? Вдруг опять что-то случится?

— Всё должно быть хорошо, — говорю я ей, прижав к себе.

Лира будто озвучивает мои собственные страхи, что меня как-то стабилизирует, я полностью сосредотачиваюсь па успокоении моей любимой в то время, пока станция, приближаясь, растёт на экранах. Она растёт медленно, а во мне разгорается пришедшая на смену страху надежда. Там люди, они приведут нас к папе, ведь иначе быть не может. Папа, папочка...

— Неизвестный корабль, назовите себя, — звучит в рубке, когда станция занимает уже половину экрана.

Голос какой-то очень знакомый, хотя и строгий. Он говорит по-русски, отчего надежда во мне вспыхивает с новой силой.

— Кокхав, включи... — прошу я, а на экране появляется... дядя Витя.

Напомнив себе, что он меня может не знать, я вглядываюсь в такие родные глаза, с трудом удерживаясь от слёз. Это абсолютно точно Несмеянов, папин брат. Значит, он поможет же? Папа говорил, что у Несмеяновых так принято — помогать.

— Вы отведёте нас к папе? — вырывается у меня, и мужчина на экране преображается. Он некоторое время вглядывается в моё, наверное, изображение.

— Как зовёт тебя папа? — спрашивает дядя Витя. Я его уже узнал, но меня отвлекает дрожащая рядом Лира.

— Малышом... — почти шепчу я. — А ещё — Гришей...

— Гриша... — задумчиво произносит он. — Я приведу твоего папу к тебе!

И тут же откуда-то сбоку слышатся переговоры, я знаю, что это именно переговоры, которые мы, благодаря звездолёту, слышим. Даже если они не предназначены для наших ушей.

— Сашка! В Систему вошёл корабль, — слышу я голос дяди Вити. — Всё бросай и лети к нам, тут Гришка!

— Постой... — папин голос я узнаю всегда и везде. Он

удивился, но почему? Мы же предупреждали... Или?.. — Какой Гришка?

— Тот самый! — отвечает наш дядя.

— Вылетаю, — коротко кидает папа.

Папа летит к нам! Папа! Он удивился, но не бросит нас, иначе зачем бы ему лететь?

Снова зажигается экран, на котором, кроме дяди Вити, ещё одна тётя, я её не знаю. Рядом со мной обнаруживается и Лира. Я понимаю — нас видят, когда слышу разговор дяди и незнакомой тёти.

— Маленькие же ещё, — произносит тётя, а я чувствую влагу на своём лице, потому что она произносит это ласково.

— Ничего, скоро мы их покормим и обогреем, — уверенно отвечает дядя Витя. — Гриша, твой корабль может маневрировать?

— Кокхав, ты можешь маневрировать? — спрашиваю я. — Нужно подойти к станции шлюзом, это возможно?

— Возможно, — отвечает звездолёт. — Дайте маршрут.

Рядом с дядей Витей появляются ещё люди. Они улыбаются нам, но говорят серьёзно, давая команды звездолёту, а я обнимаю Лиру, и уже больше не могу сдерживаться, поэтому мы плачем вдвоём. Мы долетели и очень скоро увидим папу! Очень-очень скоро! Папочка...

— Добро пожаловать домой, дети! — говорит нам дядя

Витя, а мы даже поблагодарить не можем — просто плачем и не можем остановиться.

— Поворот десять градусов, медленное сближение, — командует какой-то дядька, завершая свою речь множеством непонятных мне слов, но Кокхав, видимо, понимает, потому что не переспрашивает и никак не комментирует.

— Малыши, не плачьте, малыши, — просит нас та самая тётенька. — Скоро будете дома.

Эта фраза только усиливает слезоразлив. Мы будем дома, среди людей, среди тех, кто не предаст, потому что папа же! Дома...

— Расчётное время прибытия Второго Флота, — произносит механический голос, — три часа.

— Вот и дед к нам на всех парах мчится, — улыбается дядя Витя. — Ну же, улыбнитесь, малыши, всё плохое закончилось!

Мне так хочется верить его словам, просто не объяснить, как! Всё плохое закончилось, и мы дома... Мы нашли папу и всех Несмеяновых, а там, где они — там и дом. Наш дом...

## Ка... Лира

Давно я столько не плакала, но и удержаться просто невозможно. Я уже накрутила себя на то, что опять что-то случится, но нас признали, окутали лаской даже просто по связи, папу позвали. Мне больше ничего не страшно — ведь к нам летит папочка. Мы больше не будем разделены сном, у нас теперь в реальности будет папа...

— Экипажу рекомендовано двигаться к шлюзу, — сообщает нам Кокхав.

Я держусь за Гришкину руку, потому что на меня волнами накатывает страх. А вдруг это всё не по-настоящему? Но любимый вытирает слёзы рукавом и ведёт меня к шлюзу. Я послушно следую за ним в своём транспорте, отчаянно надеясь на то, что всё получится. Во всём теле ощущение такое, как будто его покалывает маленькими иголочками, и голова ещё кружится.

Мы добираемся до шлюза в тот самый момент, когда он раскрывается, а там... Кто-то очень похожий на папу, но не папа. Я чувствую, как у меня опускаются ушки от несбывшейся надежды, но в следующую минуту узнаю его — это дядя Витя, папин брат. Кажется, я осознаю это вместе с Гришкой, потому что мы с места несёмся к нему, обхватываем его с двух сторон, чуть не сбивая с ног.

— Дядя Витя, дядя Витя, а где папа? — спрашиваю его, забыв о том, что это мы их знаем, а они нас — нет. Но дядя улыбается.

— Часа через два будет, — сообщает он нам, присаживаясь на корточки, чтобы обнять и так знакомо погладить.

Ой... Я кажется сейчас опять буду плакать. А дядя Витя так знакомо, так ласково обнимает меня и Гришку, что хочется плакать без остановки. Рядом оказывается и та самая незнакомая тётенька, она тоже нас гладит, и это не вызывает никакого отторжения.

— Малыши совсем, — вздыхает она. — Вы голодные?

— Ой... — я пугаюсь, потому что за всеми тревогами мы поесть же забыли! А папа говорил — это плохо. А что бывает за «плохо», я знаю.

— Папа говорил, что тут не бьют, — напоминает мне любимый, и я тоже об этом вспоминаю.

— У нас детей не бьют, — твёрдо произносит дядя Витя. — Не принято это у нас, так что, дети, пойдёмте, кормить вас будем.

— А... А у вас гречка есть? — с надеждой спрашиваю я.

— Всё у нас есть, — вздыхает незнакомая тетя. — Меня зовут Ксения Ивановна, я врач.

— Я знаю, — киваю ей, потому что вспоминаю. — Бабушка рассказывала, что вы — её лучшая ученица. Ой... Бабушка нас не знает... А она...

— Тише, маленькая, — говорит мне дядя Витя. — Все о вас знают, мы уже всё знаем, так что не надо пугаться, а то сердечко болеть будет. Кстати, Ксения, посмотри детей, их и мучили, и пугали, мало ли что...

— Хорошо, Витя, — кивает доктор, идя с нами.

Вокруг я вижу железные стены, покрашенные в зелёный «военный» цвет. Его так папа называл, поэтому я и знаю. Мы идём куда-то вдоль этого коридора с отворотами, но я туда не заглядываю, а потом попадаем в большую комнату, где стоят несколько столиков, к одному из которых подводят и нас. Я понимаю, что это такая едальня на станции.

— Петрович! — зовёт дядя Витя. — Праздник у нас, племяши мои прибыли, гречку просят.

— Гречку? — удивляется дородный дядя, одетый в белый передник поверх униформы. — Будет гречка минут через десять. Подождёте?

— И дольше ждали, — вздыхает Гришка, обнимая меня. А я обнимаю его.

— Вот и хорошо, — кивает дядя Витя. — Часа через два братеник мой подскочит, а там и весь Второй Флот подтянется.

— Будет шумно, — заключает названный Петровичем и широко улыбается.

— Там, на нашем звездолёте, — вспоминает Гришка, — сделали так, чтобы вы могли разобраться, потому что это теперь папин звездолёт, нам так сказали. Там инструкции везде.

— Племянники твои с подарками, значит, — широко улыбается незнакомый дядя. — Ну, будем знакомы, меня Евгением зовут, а вас как?

— Ка... — начинаю я и запинаюсь. — Меня Лира зовут, а это Гришка, он мой... любимый.

— Вот как... — становится серьёзным Евгений. — Ну,

добро пожаловать, Лира и Гриша, мы вам очень рады. Будем дружить?

— Будем, — кивает Гриша, а меня будто отпускает напряжение.

Все взрослые видят мой транспорт, но не задают вопросов и не смотрят брезгливо, для них я будто бы такая же, как все, а это очень важно. Меня отпускает тревога и напряжение, что жили, оказывается, во мне, и накатывает слабость. Страшно от этой слабости очень, откуда она взялась? Гриша всё понимает и сразу же тянется меня обнять.

— Лире нехорошо, — объясняет он тёте Ксении. — Ослабела она... И плачет часто.

— Посиди смирно, — просит тётя доктор меня, доставая стетоскоп, я такой у бабушки видела.

Что нужно делать, я знаю, поэтому пытаюсь расстегнуть комбинезон спереди, но ничего не выходит — рука соскальзывает. Гриша помогает мне, а тётя Ксения хмурится — ей не нравится моя слабость. Она начинает прикасаться ко мне тёплой шайбой, только вздыхая в процессе.

— Детям надо отдохнуть, — заключает доктор. — Выбросы адреналина ничем хорошим не закончатся.

— Вот Сашка заявится, и полетят они домой, — улыбается дядя Витя. — Там и отдохнут.

— Это правильно, — кивает тётя Ксения.

В этот момент перед нами ставят тарелки с исходящей

паром рассыпчатой гречкой. Знакомый запах тревожит обоняние, хочется попробовать это блюдо, которое мы видели только во сне и во время Испытания. Но у меня слабость, я сейчас даже руку поднять не могу... Что делать?

Гришка берёт ложку, зачерпывает кашу и, подув на неё, чтобы остудить, подносит к моему рту. Любимый у меня просто чудо — всё понимает. Всё-всё понимает! И кормит теперь, как маленькую, а взрослые вокруг застывают, молча переглядываясь. Они совсем никак не комментируют то, что видят и слышат. Гришка-то по привычке уговаривает меня, делая это со всей лаской, на которую способен, а способен он на многое, я-то знаю...

— Скоростной пять-ноль-семь запрашивает стыковку, — доносится откуда-то сверху, когда я почти доедаю удивительно вкусную кашу.

— Ну вот и Сашка, — улыбается дядя Витя. — Ну что, малыши, сначала доедите или?..

— Папа... — шепчу я, чувствуя, что по всему телу опять пробегают иголочки. — Папочка...

— Вместе с Александром поедят, — усмехается доктор Ксения. — Пойдёмте, дети.

Мы оставляем еду, я только надеюсь, что за это на нас никто не обидится, и движемся, кажется, в плотном коконе тел — все взрослые сопровождают нас. Наверное, им тоже интересно, как произойдёт наша встреча... Папа... Папочка... мы уже почти, мы почти-почти встретились!

Впереди перед нами открывается люк... Я знаю, как он называется, нам дядя Витя рассказывал, вот! Люк открывается, и в коридор ступает самый родной, самый близкий человек на свете, тот, к которому мы так долго шли сквозь Испытания и трудности. Мы летели к нему, и вот он перед нами!

— Папа! — кричим мы хором с Гришкой, изо всех сил устремляясь к нему.

— Дети... — улыбается он, присев, чтобы поймать нас.

Мы вовремя не можем остановиться, отчего папа садится на попу, но мы обнимаем его, прижимаемся и плачем вместе. И Гришка, и я — плачем, потому что обрели, наконец, нашего папочку. Самого-самого... Теперь абсолютно точно всё-всё будет хорошо!

# ГЛАВА ДВАДЦАТЬ ПЕРВАЯ

**Гриша**

Ой, как всё завертелось-то! По-моему, целый час или около того ни я, ни Лира на внешние раздражители не реагировали — просто намертво вцепились в папу, и всё. Куда нас вели, где усаживали — я совершенно не заметил. Для нас обоих в это время существовал только папа, и никого больше вокруг. Кажется, все это поняли.

Пришёл в себя я внезапно, оглядевшись по сторонам. Обнимая меня и Лиру, сидит папа. Я даже себе и не представлял, что это когда-нибудь случится так, хотя надеялся, конечно. Вокруг множество взрослых, им папа рассказывает, откуда мы с любимой взялись и почему явились так. На нас смотрят с лаской. Тут Лира тянет меня за ухо, как будто что-то тайное сказать хочет. Она так обычно в туалет просится, потому что самой ей тяжело, а я же есть у неё... Ну вот, я наклоняюсь к ней.

— Я ноги чувствую, — громким шёпотом произносит она.

— Здорово! — реагирую я, но тут оживляется доктор Ксения.

— Сашка, уложи дочь на койку, дай я её посмотрю, — строго говорит она папе.

— Нужно чтобы папа или я были рядом, — объясняю я тёте-доктору. — Иначе Лира плакать будет, потому что страшно очень.

— Папу никто не забирает, — улыбается женщина, а наш папа аккуратно вынимает Лиру из повозки, чтобы уложить на койку.

Я понимаю: любимую надо раздеть, а так как на нас только комбинезоны, и всё, то закрываю её спиной ото всех. Но папа всё понимает и просит своих друзей покинуть помещение. Странно, но и они всё понимают, спокойно выходя. Я расстёгиваю комбинезон, аккуратно вынимаю из него Лиру. Папа наблюдает, но сам не делает ничего, хотя во сне он помогал... Но сейчас только смотрит, готовый прийти на помощь, если нужно.

Доктор наклоняется к пискнувшей Лире, но я сажусь рядом, чтобы подержать её за руку, друг друга-то мы давно не стесняемся. После того, что с нами делали, стеснения вообще никакого нет, поэтому Лира только немного пугается тётю Ксению, что-то делающую с её ногами.

— Как давно девочка не ходит? — интересуется тётя Ксения.

— С самого Испытания... Ну, когда... — я не знаю, как сформулировать, виновато глядя на папу.

— С полгода примерно, — отвечает он. — Плюс-минус, конечно. Дочь испугали сильно.

— Чувствительность к ней вернулась, рефлексы есть, — объявляет доктор, заканчивая осмотр и выпрямляясь. — Можешь одеть её. Будем реабилитировать.

— Значит, Лира сможет ходить? — боясь поверить в чудо, спрашиваю я.

— Сможет, — кивает тётя Ксения.

— А папа не исчезнет? — жалобно спрашивает Лира, я же просто кидаюсь её обнимать.

— Она думает, что ноги — это плата за... — папа вздыхает, — за меня.

— Господи всеблагой... — ошарашенно говорит доктор. — Папу никто никогда не заберёт! Даже и не думай о таком! Папа с вами навсегда!

Папа навсегда... Как мечтал я об этих словах в холодной комнате моего обиталища, как надеялся однажды услышать их! Лира опять плачет... Не понимаю я, что с ней, всё плачет и плачет, уже ведь всё хорошо, а она плачет.

— Лира много плачет, — говорю я доктору, кинувшись обнимать любимую. — Уже даже не знаю, что делать, постоянно почти глаза на мокром месте.

— Ну, учитывая, что с вами произошло, неудивительно, — вздыхает доктор Ксения. — Странно, что ты держишься... Кстати, девочка, менархе[1] у тебя когда было?

— Что это такое? — не понимает любимая, я, кстати, тоже, потому что слово незнакомое.

— Первая менструация, — пытается объяснить женщина, но, видя непонимание и страх в глазах Лиры, вздыхает. — Вот отсюда кровь шла хоть раз? — показывает она пальцем.

— Кровь?! — поражается любимая. — Нет... Я бы умерла от страха.

— Странно, физиологически всё похоже на людей... — задумчиво говорит доктор. — И симптомы... Саша! Покажешь её маме, пусть посмотрит, не дай бог...

— Я понял, — сосредоточенно кивает папа, а потом гладит Лиру по голове. — Не бойся, всё хорошо будет.

— Флагман Второго Флота просит стыковки, — сообщает голос с потолка.

— Ну, вот и дед наш добрался, — улыбается папа, пересаживая Лиру обратно в повозку. — Ну что, доченька и сыночек, пойдём встречать дедушку и бабушку?

— Ура! — восклицает любимая, но потом осекается. — Ой... Это же во время Испытания было... Она меня и не знает, да?

— Разберёмся, — очень знакомо отвечает наш папа.

Когда он так говорит, нужно слушаться и не нервничать, потому что папа во всём разберётся, и всё точно будет хорошо. Интересно, а почему мы по станции ходим, как по земле, невесомость же должна быть?

— Папа, а где невесомость? — интересуюсь я, на что папа улыбается.

— Это Советник всем помог в очередной раз, — отвечает он мне, погладив по голове. — Так что на кораблях у нас невесомости нет, ну и движение внутри системы побыстрее, чем на ядерных.

Что именно он имеет в виду, я не очень хорошо понимаю, для меня это звучит как факт, значит, всё в порядке. Подумав, папа берёт Лиру на руки, как совсем маленькую, а она не самая лёгкая на самом деле, но это именно то, что нужно — моя любимая сразу же перестаёт лить слёзы, обнимает папу за шею и затихает.

Вот что странно, Алёнка — она такого же возраста, что и мы, но выглядит старше и выше, а мы совсем маленькие, получается — ну, раз папа может нести Лиру на руках. Моя любимая улыбается так нежно-нежно, как только она умеет, пока мы идём к шлюзу, или как он тут называется. Дедушка и бабушка приехали, интересно, как они нас воспримут? С одной стороны, Несмеяновы друг друга не бросают, а с другой, я не знаю, мы — Несмеяновы?

Дойти до шлюза мы, впрочем, не успеваем —

навстречу нам движется внушительная делегация, впереди которой идёт... дедушка. Я его хорошо помню, потому что если бы не он и не бабушка, то во время Второго Испытания было бы совсем грустно. Все Несмеяновы тогда сплотились вокруг нас, но они, конечно, этого не помнят. Я даже не знаю, что это такое было — эти Испытания...

— Внучата приехали, — так знакомо-знакомо улыбается дедушка, протягивая к нам руки, и я помимо воли делаю шаг к нему и к бабушке. Бабушка всегда рядом с дедушкой, потому что так правильно.

— Деда... Ты... — я не знаю, как сформулировать, а он таким знакомым жестом обнимает меня, хотя это непросто — я маленький для него.

— Смотри, любимая, добрались внучата, — говорит он бабушке, очень ласково улыбающейся нам с Лирой.

И меня просто затопляет неописуемое счастье. Мы дома.

## Лира

У папы на руках так тепло, так комфортно, что просто нет слов, чтобы выразить мои чувства. Бабушка нас сразу узнаёт, при этом нас уводят к дедушке на корабль. Это такой звездолёт, но военный. Он просто огромный, по-моему, хотя я почти ничего не вижу, потому что уткнулась в папин комбинезон носом.

Тётя-доктор что-то сказала про кровь, но неужели может идти кровь *оттуда*? Я о таком никогда не слышала, хотя и не могла слышать, кто бы со мной стал делиться?

Бабушка о чём-то коротко разговаривает с тётей Ксенией, которая в присутствии бабушки ведёт себя, как ученица в школе, что заставляет других взрослых улыбаться. Но вот наша бабушка становится серьёзной, я вижу её выражение лица, потому что голову повернула на звук голоса.

— Сашка, — командует она. — Внучат — за мной! Любимый, давай домой, я детьми займусь.

— Хорошо, любимая, — отвечает ей дедушка.

У них — любовь, как в сказках, мне папа немного рассказывал. Дедушку и бабушку мучили в детстве, как... как нас? Может быть, поэтому они нас приняли? Или не поэтому? Я не знаю.

А бабушка ведёт папу к себе, она доктор, и очень-очень хороший доктор, поэтому, наверное, будет нас с Гришкой рассматривать. Или осматривать... Не помню, как правильно это называется. Но бабушке я доверяю, поэтому не волнуюсь, всдь это же бабушка!

— Положи внучку на кушетку, — командует она, когда меня заносят в белое помещение.

Папа очень осторожно кладёт меня на кушетку, такую же белую, как и всё остальное в этой комнате. Гриша даже без просьбы подходит ко мне, чтобы расстегнуть комбинезон и помочь мне из него выбраться. Я не стесняюсь, потому что тут все свои же, и не боюсь тоже по этой же причине.

Вот Гриша помогает мне вытащить ноги из комбинезона, и я остаюсь совсем неодетая перед своими родными людьми. Будь тут кто-то из богов, я бы до смерти испугалась грядущей боли, но здесь только мои самые близкие люди, поэтому я не боюсь.

Бабушка подводит к кушетке какое-то белое кольцо на колесиках. Кольцо тихо жужжит, двигаясь надо мной, а я лежу смирно, потому что так надо. Бабушка чему-то удивляется, нажимает кнопки на кольце, я вижу это очень даже хорошо, при этом она с интересом поглядывает в сторону Гришки. Значит, хочет сравнить нас, но мы же разные, я наполовину только из богов, а Гришка же полностью...

Папа заглядывает через бабушкино плечо, что-то замечает и тихо свистит, отчего она ему сразу же выписывает лёгкий подзатыльник. Бабушка не любит, когда свистят в помещении, папа это знает, но, видимо, его что-то сильно уж удивило. Она вздыхает, проводя затем своими мягкими, чуткими ладонями по моему телу, отчего становится щекотно.

— То есть, получается, дочке лет десять? — произносит папа, всё ещё заглядывая куда-то.

— Да, — кивает бабушка. — По развитию, вполне человеческому, кстати, десять лет, поэтому для менархе рано, а плачет она у нас постоянно, потому что психика не справляется с резкими изменениями в окружающем мире. Поэтому дома малыши будут много гулять, отдыхать и привыкать к безопасности. Так...

— Одевать? — интересуется папа, взглянув на меня.

— В шкафу возьми человеческую одежду, — советует бабушка. — В синем, специально для них приготовили. Одежда их, конечно, чистит, но для детей это так себе решение.

Папа подходит к шкафу, изменившему цвет на синий, пока бабушка говорила, открывает его и достаёт полупрозрачный пакет. Мне жутко интересно, что в нём. Вскрыв его, папа вытаскивает футболку и трусы, чтобы сразу же натянуть бельё на меня. Вот тут я понимаю, как мне не хватало обычного белья. Сразу же появляется чувство защищённости, слёзы сразу же убегают куда-то внутрь, а папа с Гришкой одевают меня в красивую синюю юбку и такого же цвета жакет.

— Вот и хорошо, — кивает бабушка, взглянув на меня. — И выглядит иначе, и плакать уже не хочется, да?

— Да, — признаюсь я, улыбаясь ей.

Я действительно чувствую себя спокойно и в полной безопасности, а бабушка выдаёт мне леденец на палочке, как совсем маленькой. Но, зная, что она никогда ничего не делает просто так, я беру его и засовываю в рот. Чуть кисловатая сладость, кажется, совсем успокаивает меня, хотя я всё так же цепляюсь за папу, но мне намного спокойнее на душе. Странное воздействие...

— Гришка, ложись, — командует бабушка, а мой любимый и не думает возражать. Его стесняться, по-моему, вообще не научили, поэтому он буквально выскакивает из комбинезона, укладываясь на кушетку.

Несмотря на то что нас лечила капсула, на Гришкином теле всё ещё можно увидеть следы его не самой простой жизни. Наверное, лечить шрамы капсула не посчитала нужным, а их на теле моего любимого великое множество. И ещё, по сравнению с бабушкой и папой, мы какие-то очень худые, получается...

Наш самый главный семейный врач так же, как и надо мной, проводит кольцо над Гришкой, тяжело вздыхая. Она что-то молча показывает папе, на что тот просто кивает. Мне интересно, но я молчу, конечно же, потому что это же бабушка, она лучше знает, что и как делать.

— Ходячий протокол Нюрнбергского Трибунала, — непонятно произносит она. — Как только выжил?..

— Да они оба... — папа вздыхает, прижимая меня к себе. Он очень бережно это делает, так, что просто хочется мурлыкать, как кошка из Испытания. — Следы кровоизлияний, следы пыток... Это иначе просто не называется.

— Тут я с тобой согласна, — кивает бабушка, сворачивая кольцо. — Выдай одежду сыну, — приказывает она папе. — Значит так... Обоих выгуливать и откармливать.

— Да, мама, — соглашается папа, идя со мной на руках к шкафу, чтобы выдать одежду и Гришке. Мне очень комфортно в новой одежде, только нужно помнить, что теперь в туалет надо ездить самой, костюм не позаботится.

— Госпиталь мостику, — произносит бабушка, глядя в потолок.

— Мостик на связи, — отвечает дедушкин голос. — Что у вас?

— Регистрируй, — хмыкает самый главный доктор, насколько я помню, вообще. — Григорий и Лира Несмеяновы, десять лет, режим... Как из концлагеря. Помнишь?..

— Понял, зарегистрировано, — ответил дедушка, со щелчком отключившись.

— Ну вот, внучата, вы теперь официально наши, — улыбается нам обоим бабушка. — Саша, покорми детей и уложи в каюте. Нам до Земли всем флотом часов пять ползти.

— Есть, понял, — по-военному отвечает папа, кивая одевающемуся Гришке.

Посадив меня на кушетку, папочка помогает любимому справиться с одеждой, после чего опять берёт меня на руки, чтобы выйти из отсека. Я только и успеваю, что попрощаться с бабушкой, по-доброму улыбающейся нам с Гришкой. Так приятно, когда о тебе заботятся...

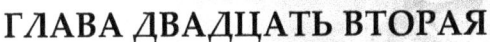

# ГЛАВА ДВАДЦАТЬ ВТОРАЯ

**Гриша Несмеянов**

Это место называется столовой, хотя у нас — едальней. Папа носит Лиру на руках, что ей нравится до визга, а я своими ногами хожу. Новость о том, что нам с ней по десять лет, оказывается для меня неожиданной, но бабушке виднее. Получается, Алёнка у нас в семье старшая. Так странно ощущается всё вокруг. Как-то внезапно так случилось, что мы больше не одни. Просто хлоп — и не одни. Папа, дедушка, бабушка, дядя Витя — они все показывают нам, что мы не одни. Всё плохое закончилось, и можно просто жить, только я не знаю, как.

— Давайте поедим, — предлагает папа, усадив нас на

стулья в столовой. — Сейчас посмотрим, чем вернувшихся домой детей угощает флот.

Он улыбается, я тоже улыбаюсь, а Лира, кажется, заливает своим счастьем всё вокруг. Сегодня она почувствовала свои ноги после очень долгого перерыва, значит, скоро сможет ходить. Это очень важно, потому что невозможность ходить самой любимую пугает.

— Это борщ, настоящий, — сообщает папа, когда перед нами оказываются тарелки.

— Вот и посмо-о-отрим, чем он отличается, — тянет Лира, а я, кажется, краснею, вспоминая свой опыт приготовления борща во время Испытания.

— Я вот что думаю, — произношу я, спеша поделиться пришедшей в голову мыслью. — Испытания были у нас, но в них как-то поучаствовала и Алёнка. При этом все люди, события, они, получается, настоящие? Но магии же нет, как тогда?

— Я предлагаю пока отложить этот вопрос, — усмехается папа, пробуя блюдо. — Сейчас с вашим звездолётом разберутся специалисты, раз уж нам сделали такой серьёзный подарок, а потом, если очень нужно будет, покопаемся в причинах.

— Ладно, — киваю я, всасывая содержимое ложки. Вкуснотища просто!

— Вкусно как... — вторит моим мыслям и любимая. — На звездолёте еда, конечно, вкусная, но не такая...

Мы едим неспешно, наслаждаясь трапезой, а я всё

никак не могу привыкнуть, что папа здесь, папа рядом. Я тянусь к нему, прикасаюсь каждую секунду, да и Лира тоже. Папа рядом... навсегда, так бабушка сказала, а бабушка у нас — авторитет! Но всё равно я ещё совсем не привык к тому, что папа есть и он рядом. Наверное, рано или поздно привыкну, но вот сейчас... Сейчас мне ещё сложно.

После еды меня тянет в сон. Просто не могу сопротивляться, как придавило просто. Лира в похожем состоянии, что папа хорошо понимает. Он вообще всё очень быстро понимает, хотя меня, конечно, это совсем не удивляет — папа же.

— Эй, военный! — зовёт он кого-то, но я уже даже не вижу, кого — глаза закрываются сами. — Без чинов!

— Чем могу? — интересуется мужской голос совсем рядом со мной.

— Давай, пацана на руки и за мной, — командует папа, видимо, взяв Лиру.

— Так, может, в госпиталь? — интересуются у него.

— Откат у них, — объясняет наш папа. — Почувствовали себя среди близких, в безопасности, поели от пуза, вот и накатило. Им сейчас в люлю — и спать, спать, спать.

— А! Это внуки командира? — понимает кто-то другой, судя по голосу. — Тогда да.

Меня куда-то несут, при этом держат очень бережно. Необычное ощущение — когда несут не за шиворот, даже не представлял себе раньше, что это так приятно. Папа меня во сне в детстве не носил, он меня обнимал, успокаивал, учил, а вот такие ощущения — они, кажется, впервые. Но сон накатывает так, что я не ощущаю уже почти ничего — ни как меня раздевают, ни как укладывают, просто отключаюсь.

Перед глазами возникает Алёнкина комната, я её помню по Испытанию. Спустя мгновение рядом со мной оказывается и Лира, сразу же бросившаяся ко мне. Я обнимаю её, оглядывая привычно выглядящее помещение. Алёнки пока нет, наверное, или уснуть не может, или рано ещё. Мы усаживаемся на кровать сестрёнки, просто в ожидании.

— Ты вырубился так, что я даже испугалась, — упрекает меня любимая.

— Прости, моя хорошая, — глажу я её по голове. — Я больше не буду...

— Странно, — произносит она, прижимаясь ко мне. — Там нам было двенадцать, а мне вообще тринадцать, кажется, а здесь оказалось десять...

— Это потому, что вас много били и не кормили, — слышу я голос сестрёнки, появившейся в углу комнаты.

Лира визжит и бросается к ней, даже не заметив, что делает несколько шагов сама, я же улыбаюсь. Значит, просто нужно было, чтобы обняли папины руки? Чтобы мы почувствовали себя, наконец, дома?

— Ты ходишь... — ошарашенно произносит Алёнка, и

визг раздается уже в два голоса. Я трясу головой, потому что оглушили.

— Мы с папой встретились, — объясняю я сестрёнке. — Лира ноги почувствовала, нас бабушка осмотрела...

— Я знаю, — важно кивает Алёнка. — Бабушка сказала, что у вас, наверное, отставание в развитии из-за битья, поэтому вас и записали такими, понимаешь?

— Понимаю, — отвечаю ей, потому что действительно всё понятно.

Взрослые определили тот возраст, на который мы выглядим, решив, что раз всем всё равно, то пусть будет так. Я тоже считаю, что так лучше — будет больше времени.... Как там папа говорил?.. Адаптироваться, вот. То, что всё закончилось, ещё не значит, что не будет новых... сюрпризов. И не обязательно приятных. К ним нужно готовиться.

— Теперь вы приедете... Скоро? — спрашивает Алёнка.

— Сказали, через пять часов, — пожимает плечами Лира. — Жду не дождусь, когда смогу обнять тебя!

— Эх, видела бы мама... — вздыхает наша сестра.

— Мы никогда не спрашивали о ней... — произношу я, обнимая своих самых близких девчонок.

— Она погибла, когда мне было десять, — всхлипывает Алёнка. — Катастрофа летателя... Случайность, но...

— Теперь мы будем все вместе, — успокаиваю её,

понимая, что прошло совсем немного времени, и Алёнке просто больно. — Как во время Испытания, помнишь?

— Помню... — улыбается она мне, прижимаясь с другого бока. — Теперь точно всё хорошо будет, обязательно!

Конечно, теперь всё будет хорошо. Теперь мы вместе и именно вместе многое можем. Пока мы спим, дедушкин звездолёт движется к Земле. Теперь это и наша планета. Опять накатывает страх — как нас примут? Но Алёнка, кажется, всё и сама понимает. Миг — и наша сестрёнка тоже щеголяет острыми ушками, ярко, солнечно улыбаясь.

— Я так и знала, что вы спать уляжетесь, — сообщает она мне. — Поэтому тоже очень-очень постаралась.

— Алёнушка... — шёпотом произносит Лира, явно копируя папины интонации. — Мы у тебя есть, и ты у нас есть, теперь всё-всё будет только хорошо, да?

— Да, — кивает нам Алёнка. — А вам уже пора! И мне пора — вас встречать!

## Лира Несмеянова

Я хожу! Во сне я хожу! Не лежу бревном, не сижу, а хожу по-настоящему! Значит, скоро смогу и в реальности, потому что уже не боюсь?

Я открываю глаза, поразившись новому ощущению — я чувствую ноги. Они совсем уже не чужие, хотя двигаются неохотно, но они двигаются — и это настоящее чудо. Боги бы меня просто убили, поэтому мы правильно ото всех сбежали, зато теперь я буду ходить. По-настоящему...

Я открываю глаза, а в нашей комнате здесь, называющейся каютой, уже стоит папа и с улыбкой смотрит на нас. Я смотрю на него не отрываясь, ведь это же наш любимый папа, тот, к которому мы так долго добирались...

— Ну, как там Алёнка? — спрашивает он.

— Помчалась нас встречать, — отвечает Гриша. — А мы вот что умеем, — выдает он без перехода.

Его ушки становятся человеческими, а потом — снова острыми. Папа удивляется, я вижу это по нему, но не сердится. Кажется, он хорошо знает, что мы это умеем. Конечно же, он знает, ведь это же папа! Как он может что-то не знать?

— Возвращай уши, одевайтесь и двигаем за мной, — командует улыбающийся папа. — Флагман паркуется к лифту, так что скоро двинемся вниз.

— Ой... на нас будут глазеть? — тихо спрашиваю я.

— Глазеть, конечно, будут... — задумчиво отвечает он. — Но не сильно, ведь вы не в гости прилетели, а домой вернулись.

— Домой... — шепчу я, подпрыгивая от нетерпения — так хочется обнять Алёнку.

Гриша одевает меня, хотя я уже немного справляюсь и

сама, но ему это просто приятно делать, а затем одевается и сам. Пять минут — и мы готовы уже ко всему. Вместо моего транспорта появляется какая-то коляска на больших колёсах, куда папа меня бережно пересаживает. Ну, правильно, я же ещё не хожу, а там, внизу, мой транспорт будет привлекать столько внимания...

Папа вывозит коляску из каюты, рядом идёт и явно нервничающий Гришка. По дороге нам встречаются люди, а я просто кручу головой во все стороны. Коридор полукруглый, окрашенный в серую краску, вдоль него лежат панели, источающие свет, а время от времени встречаются большие экраны. Ну, это я так думаю, что экраны, потому что на них — огромная планета Земля, это теперь наш дом. И ещё какие-то конструкции.

— Ой, деда! — от неожиданности говорю я, поздно вспомнив, что здесь он — «товарищ командир».

— Внучата готовы? — внимательно смотрит на нас дедушка. — Это хорошо! Вика где?

— Здесь я, любимый, — доносится откуда-то сбоку. Я поворачиваю голову и вижу спешащую к нам бабушку.

— Очень хорошо, — кивает дедушка. — За мной!

Он ведёт нас к широкой, сейчас открытой двери, за которой виднеется ещё одна, закрытая. Это шлюз, папа нам рассказывал о том, как устроен орбитальный лифт. Сейчас мы залезем в него и спустя полчаса или около того окажемся на Земле. То место, где мы приземлимся, называется космодром, именно туда помчалась Алёнка. Подумать только, через совсем небольшой промежуток времени мы будем все вместе не только во сне!

Так и происходит. Мы рассаживаемся вокруг круглой колонны, на которой светятся непонятные цифры и какие-то значки, но я держусь за Гришку и за папу, потому что немного страшно. А еще — очень, очень волнительно. Папа понимает, он сам пересаживает меня, поднимая так, как будто я очень-очень хрупкая, а затем пристёгивает ремнём. Потом проверяет, как пристегнулся Гришка, и кивает дедушке.

— Орбитальный Земле, — уверенно говорит наш дед. — Готовы.

— Старт, — отзывается голос из колонны, но ничего не происходит.

Дедушка одет в красивую униформу такого же цвета, как и наша одежда, только у него погоны и планки на груди, ну это и понятно — он самый главный здесь.

На колонне мелькают, меняясь, какие-то знаки, но больше ничего не ощущается, хотя и на звездолёте мы тоже не ощущали ничего, поэтому, наверное, это норма. Нужно просто подождать, и я жду, стараясь не показывать своего нетерпения. Вдруг... Хотя нет, не вдруг. Дрожь появляется совсем незаметно, медленно нарастая, но не тревожа. Дедушка сидит спокойно, папа тоже, поэтому и нам надо.

— Вход в атмосферу штатный, — сообщает сидящий рядом с дедом офицер.

— Стабилизация всегда занимает некоторое время, — непонятно объясняет мне папа. — Сейчас всё будет хорошо.

И действительно, дрожь исчезает, а прямо под ногами зажигается экран. Это немного страшно — кажется, что летишь в бездну, но рядом папа и Гриша, поэтому я не боюсь. Экран затянут облаками, которые постепенно приближаются. Я с большим интересом смотрю вниз на это действо, потому что никогда раньше такого не видела.

Постепенно облака становятся ближе, затем расходятся в стороны, открывая какие-то полоски и квадратики. Ловлю рукой Гришкину руку, но любимый просто гладит меня по голове, и мои поникшие было ушки становятся торчком, это значит, что страх уже убежал. В детстве и у богов мои уши держались параллельно поверхности, потому что очень страшно было постоянно, а в последнее время они стремятся вверх. У нас уши очень много чего могут выражать — и страх, и боль, и радость... Поэтому от богов ничего скрыть было невозможно.

Прямоугольники увеличиваются, серые полоски становятся дорогами, на которых я замечаю какое-то движение, а прямо под ногами растёт серый квадрат космодрома. Людей на нём ещё не видно, но мы медленно приближаемся, и совсем скоро... Скоро я увижу Алёнку наяву. Бабушка, дедушка, папа, дядя Витя от тех, что были во сне, не отличаются, значит, Алёнка, скорей всего, тоже.

Интересно, что будет дальше? Школа, наверное... Мы, получается, ещё маленькие — классе в четвертом будем, а Алёнка аж в шестом! Ну, это если то, что было в Испытании, такое же, как и в реальности. Только вот Марью Васильевну я, пожалуй, боюсь... Надо будет папе сказать, потому что Гриша за меня многое может сделать, а зачем это нужно?

Пока я раздумываю, лифт снижается, уже можно даже разглядеть маленьких муравьишек на краю серого квадрата — это люди. Ой, как их много, даже немного страшно опять становится, но Гриша всё чувствует и пожимает мне руку, поэтому быстро успокаиваюсь. Место страха занимает нетерпение. Если бы было можно, я бы подпрыгивала в кресле, но нельзя — папа сказал тихо сидеть, а я послушная. Я очень послушная, честно-пречестно!

Я скоро обниму Алёнку! Совсем скоро мы все будем вместе, все четверо! Ну, скорей же...

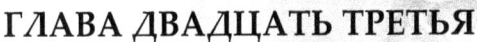

## ГЛАВА ДВАДЦАТЬ ТРЕТЬЯ

**Гриша Несмеянов**

Мы едва успели выйти из лифта, когда налетела Алёнка. Сестрёнка несется нам навстречу с таким счастливым визгом, что люди, собравшиеся на поле, подаются в стороны. Лира тоже чуть не вываливается из коляски, ну а я... я просто счастлив, несмотря на то что стоять не очень просто. Кажется, на плечи положили груз, поэтому ноги немного даже дрожат.

— Да, об этом мы не подумали, — задумчиво говорит папа, взглянув на меня.

Он машет кому-то рукой, и вскоре привозят вторую коляску типа той, что у Лиры. Папа усаживает меня в неё, я даже не сопротивляюсь, хотя, конечно, ничего хорошего в этом нет. Что происходит, не понимаю, Алёнка с тревогой смотрит на нашего папу.

— Младшие, — произносит папа, — привыкли к меньшей силе тяжести. На наших станциях, на кораблях флота она немного меньше, чем на Земле, вот и накрыло Гришку только здесь. Ничего, методы реабилитации не вчера придумали.

Из всей его речи я понимаю только то, что ничего страшного не случилось, поэтому нервничать не надо. Папе, конечно, виднее, поэтому я просто доверяюсь ему. Он о чём-то говорит с дедом, я же с тревогой смотрю на Лиру — она-то как? Но моя любимая вроде бы пока справляется.

— Сейчас подадут транспорт, и поедем, — произносит папа. — Хотели вас в госпиталь сначала, но бабушка сказала — домой, незачем вас пугать.

— Мы не испугаемся... наверное... — тихо говорю я, хотя в душе очень-очень благодарен улыбающейся нам бабушке.

Подъезжает транспорт, он зовётся микроавтобусом, движется над поверхностью дороги, хотя колёс у него нет. Пересаживаться тут не надо, поэтому сначала Лиру, а потом и меня завозят внутрь, где коляски жёстко закрепляются. Видимо, это такой специальный транспорт, хотя, может быть, для людей это норма... Здесь всё выглядит необычным и непривычным. Толпа народа встречала вовсе не нас, на нас почти и внимания не обратили, что меня радует. А вот строения, само твёрдое серое поле, запахи, витающие в воздухе...

— Ура, вас будут одновременно реабилитировать! — сообщает радостная Алёнка, а потом перемигивается с Лирой и изменяет свои ушки на такие же, как у нас.

— Заразная ушастость, — хихикает бабушка, глядя на нас троих, крепко ухватившихся за руки. — Саша, по приезду кормить понемногу, учти, и со сладостями осторожнее, а то знаю я вас!

— Мы хоро-ошие! — тянет Лира, как привыкла во время Испытания.

— Вы — самые лучшие, — так же, как и там, отвечает бабушка, развернувшись к нам вместе с креслом.

Здесь ещё и кресла могут поворачиваться! Ничего ж себе! Додумать эту мысль не успеваю, потому что бабушка принимается гладить нас всех троих. Гладит и улыбается очень ласково, отчего я просто растекаюсь.

Именно из-за этого по сторонам не смотрю, ещё насмотрюсь же? Мне теперь здесь жить всю жизнь. Интересно, а действительно бить не будут? Лиру-то, наверное, нет, а меня? За папу я на всё согласен, конечно, но нужно и спросить. Поэтому я спрашиваю, но бабушка почему-то тяжело вздыхает, а потом буквально выдёргивает меня из коляски, сажая к себе на колени.

— Дети, вас никто никогда больше и пальцем не коснётся, — серьёзно говорить она. — Не ударит, не будет унижать, не будет морить голодом. Это закончилось, и больше никогда не будет. Саша, ваш папа, детей не бьёт.

— Не бьёт! — подтверждает Алёнка. — Я ещё ни разу не доводила, хотя очень старалась! Но папа не бьёт, честно-пречестно.

Лира от этих слов плачет, значит, тоже думает об этом. А когда я спрашиваю о школе, мне объясняют, что в школе такого тоже не будет. Тут Алёнка становится серьёзной, она что-то вспоминает, а потом её лицо светлеет — вспомнила, значит.

— Папа, нам, наверное, школу менять нужно, — произносит наша сестра. — Марь-Вась Лиру чуть до инфаркта не довела, сестрёнка бояться будет.

— И ты пожертвуешь знакомым классом, друзьями? — с улыбкой спрашивает бабушка. У неё такое лицо, как будто она точно знает ответ.

— Друзья, если настоящие, — отвечает Аленка, — никуда не денутся, а класс... Это же для младших, бабушка, чтобы им помочь, чтобы объяснить. Младшие важнее.

— Я тебя люблю, сестрёнка! — говорим мы с Лирой, кажется, одновременно.

— Правильно ты дочь воспитал, Саша, — произносит дед, а на папином лице такая счастливая улыбка, просто неописуемая. — Что со звездолётом делать думаешь?

— Забирай его, — улыбается папа, — тем более, что

дети с ним подружились, так что твоим психологам проще будет.

Микроавтобус едет по тенистой улице, на которой множество деревьев, чтобы остановиться у приземистого дома. Тут папа живёт. Я смотрю на дом, поэтому совершенно не слушаю, о чём говорят папа с дедушкой. Они взрослые, им виднее, а мы с Лирой теперь просто дети. Мы можем просто побыть детьми, не ожидая боли, предательства или смерти в любую минуту.

Одно это бесценно для нас с Лирой. Особенно Лире важно, что есть близкий, который не предаст. Тут даже в чём-то хорошо, что мамы у Алёнки нет — моей любимой было бы просто страшно, хотя что-то мне подсказывает, что рано или поздно, но мама у нас появится. Впрочем, пока это не так важно...

Папа вынимает наши коляски из машины, ему помогает и дедушка, а я смотрю на такой знакомый по Испытанию дом и снова задумываюсь о том, что же такое эти Испытания. Если бы дело было, как нам сказали, только в проверке разумности, то логично было бы использовать только то, что знаем мы, но на деле-то всё было почти реально. И Алёнка помнит...

— Так, насколько я помню, младших разлучать нельзя, — задумчиво произносит папа.

— Меня с ними тоже! — категорично заявляет Алёнка. — Все вместе спать будем!

— Хм... А ты не застесняешься? — удивляется бабушка.

— Кого? Гришку? Да ни за что! — заявляет сестрёнка.

Да, ведь мы многое пережили, когда папа был... И мыли его, и друг друга... В общем, я её понимаю.

— Договорились, — кивает папа, везя нас всех в комнату сестрёнки.

Оказывается, Алёнка подготовилась — вместо её кровати почти всю комнату занимает ещё более крупная кровать, на которой мы втроём точно поместимся. Папа улыбается этому нововведению. Особенно его веселят острые ушки старшей дочки, я это хорошо вижу.

— А что мы сейчас делать будем? — интересуется Алёнка.

— Сейчас бабушка младших ещё раз посмотрит, — сообщает папа, припарковав мою коляску. — Потом они немного полежат, а потом — посмотрим. Телевизор, наверное, надо перевесить.

— Телевизор — это тема, — не очень понятно говорит наша старшая сестрёнка. — Заодно увидят, как у нас здесь всё устроено.

Нас укладывают в кровать, раздев до белья. То есть мы всё равно одетые, только торс и ноги голые. Но чувство защищённости не пропадает, что меня, конечно, удивляет. Неужели эта небольшая полоска ткани так важна моему внутреннему ощущению?

## Лира Несмеянова

Эмоций столько, что я просто тону в них, не в силах разделить на составляющие. При этом плакать совсем не хочется. Я лежу на кровати только в трусиках — это так называется бельё тут, у нас, кажется, были панталоны, но мне они были не положены, потому что меня же часто наказывали... Чего в крови хорошую вещь пачкать? Так думала моя... мама. Хорошо, что вся та жизнь осталась в прошлом...

Бабушка нас с Гришкой осматривает. Действительно, есть ощущение, как будто что-то придавливает к кровати, поэтому, наверное, правильно, что нас уложили. Ну, бабушка же доктор, она лучше знает, как правильно. А я просто послушная девочка, хотя и боязно немного. Но я, конечно, верю и папе, и бабушке, и Алёнке. Дедушка же куда-то уехал по делам, но это нормально — у него же целый флот.

— Так, младших массировать два раза в день, — командует бабушка. — Через неделю начнём поднимать и учить ходить, ничего критического я не вижу.

— Ура... — шепчу я, ловя гладящую меня руку.

— Действительно, как из лагеря, — вздыхает она. — Ну, значит, так и реабилитируем.

— Сейчас я включу вам телевизор, — предупреждает папа. — А сам прикину, чем вас кормить. Мама! — зовёт он бабушку. — Что у них с документами?

— Отец зарегистрировал, — откликается она. — А так как дело было в Системе, то...

— Ура! — отчего-то восклицает наш папа, после чего решает объяснить и нам: — В космосе ваш дедушка — старший, он вас зарегистрировал, поэтому все бумаги на вас обоих готовы. То есть...

— Всё в порядке, — кивает Гришка, хорошо запомнивший, что такое бумаги в папином мире.

Папа включает нам телевизор — это такой большой экран, на котором показывают фильмы, передачи всякие, новости... В общем, нужная штука. Телевизор включается на блоке новостей, где рассказывают об экспедициях, каких-то достижениях, освещая не самые простые вопросы. Я внимательно слушаю, пытаясь понять, о чём говорится.

— Из дальних миров в Систему прибыл звездолёт, — сообщает диктор. — Двое детей, находившихся в контакте с семьёй землян Несмеяновых, прибыли к папе. К сожалению, из-за силы тяжести на нашей планете, к которой дети не привыкли, им предстоит длительная реабилитация.

Телевизор показывает сцены нашей встречи с Алёнкой на космодроме, бледного, едва стоящего на ногах Гришку... По низу экрана бежит строчка текста, рассказывающая, кто мы и откуда. Теперь вот вся планета о нас знает. Выступают разные люди, речь которых сводится к тому, что они нам рады. Это очень странно — они же нас совсем не знают...

После блока новостей начинается фильм. Алёнка ложится с одной стороны от Гришки, я с другой, как во время Испытания, мы вдвоём обнимаем нашего братика, а он обнимает нас. И так тепло на душе становится, просто не сказать, как. Я даже не очень соображаю, о чём фильм, просто наслаждаюсь нашим общим теплом, теплом семьи.

— Так, дети, — в комнату входит папа. — Сейчас будем кушать.

— Так ели же недавно? — удивляется Гриша.

— Во-первых, ели вы часов шесть назад, — обстоятельно отвечает папа. — Во-вторых, выглядите вы так, что слабонервным лучше не показывать, поэтому...

— Будем вас откармливать, — заключает улыбающаяся Алёнка. — Так тепло с младшими, папа, просто слов нет...

— Вот и хорошо, — кивает наш самый главный на свете человек. — Сейчас поужинаем — и спать, а все разговоры будут уже завтра.

Это очень хорошая мысль, потому что усталость у нас просто неимоверная. Наверное, это просто наваливается всё пережитое — откат, как папа говорит. Интересно, что будет во сне? Ведь мы уже вместе, что же теперь? Мои мысли прерывает столик, на котором... ой!

— Гурьевская каша... — шепчет Алёнка.

Она очень любит эту кашу, как и мы с Гришкой, конечно. Изготовленная по семейному рецепту, с кусочками фруктов и шоколада, она просто прекрасна, поэтому некоторое время мы совершенно не реагируем на внешние раздражители, наслаждаясь этим чудом. Сладкая, пахнущая шоколадом и фруктами, эта каша такая вкусная, что и не описать.

— Эх, дети... — вздыхает папа, поглядывая на нас.

Алёнка-то может и нормально поесть, но она хочет делить с нами всё, и я её понимаю. Мы наконец-то вместе в реальности. Больше не будет ни Испытаний, ни страха, потому что мы с папой, бабушкой, Алёнкой. Они просто хотят дать нам время немного освоиться, а вот потом... Потом вся наша огромная семья всегда будет рядом. Ой...

— Алёнка, — тяну я сестрёнку к себе. — А что с одеждой? А то у нас только то, что на нас...

— Не беспокойся, — хихикает сестрёнка. — Уже всё есть, пока мы отдыхаем, дядя Витя с тётей Людой обо всём позаботились.

— Это здорово... — я думаю о том, что надо помыться, но это, наверное, подождёт.

Додумать я не успеваю, потому что раздаётся звонок в дверь, и папа уходит, чтобы вернуться через несколько минут. С ним и дядя Витя, и тётя Люда, и тётя Даша, и чуть ли не полсемьи. Они несут пакеты, что-то на подносах, и все улыбаются нам. Сразу же становится шумно, но бабушка моментально восстанавливает порядок, сортируя то, что принесли родственники, а я смотр на них, раскрыв рот, и вспоминаю второе Испытание.

Тогда они точно так же завалились шумной толпой и помогали нам. Я именно тогда поняла, что такое семья. Настоящая, волшебная семья — когда все друг за друга. Такого себе я в детстве даже не представляла, в нашем с Гришкой детстве такого и не могло быть, а вот сейчас есть.

— Так, детскую одежду — в шкаф, и Алёнке всё покажите, — командует бабушка.

Сестрёнке приходится встать, чтобы принять участие в суете, а меня очень бережно берут на руки, чтобы куда-то унести. Только через минуту я понимаю, куда меня уносят — мыть. Тётя Люда говорит — надо смыть пыль космических дорог. Хотя она, скорей всего, только сейчас меня впервые увидела, но ведёт себя так, как будто мы знакомы давным-давно. И я расслабляюсь, потому что я действительно дома, среди своих.

Это просто невозможно объяснить, подобное нужно чувствовать. Меня сейчас купают в тепле, и я... Я наслаждаюсь этим, будто забывая всё плохое, что с нами происходило. Моют меня, нежно прикасаясь ласковыми, мягкими руками, от чего хочется просто растечься и ни о чём не думать. Я и не думаю, потому что это же семья. Что бы ни было, мы — семья, я очень хорошо это ощущаю.

Завёрнутая в полотенце, я лежу рядом с Гришкой,

которого тоже помыли. Женщины перешучиваются, споря, как нас одеть на ночь. Оказывается, для нас даже пижамы купили, разные, чтобы, значит, было из чего выбирать. Я просто улыбаюсь, потому что не могу ничего сказать — слов нет. Это невообразимое тепло, ласка со всех сторон и ощущение, что мы с Гришкой — часть общего, часть семьи. Просто невыразимое ощущение...

# ГЛАВА ДВАДЦАТЬ ЧЕТВЁРТАЯ

**Гриша Несмеянов**

Закрывая глаза, я думаю о том, что сны, наверное, прекратятся, ведь мы теперь вместе, но едва лишь сон овладевает мной, я оказываюсь в классе. В том самом классе, где проходило обучение на звездолёте. Спустя мгновение рядом оказываются и Алёнка с Лирой, а вот папы нет. Хотя папа, возможно, ещё даже спать не лёг — добавили мы забот нашему папе.

Появившийся перед нами молодой мужчина внимательно осматривает каждого из нас так, что Лира даже ойкает от внезапно накатившего страха. Я же просто разворачиваюсь так, чтобы защитить её.

— Меня зовут Руан, — представляется мужчина. — Я демиург.

— Что это значит? — удивляется Лира.

— Значит, что он творец миров, высшая сущность, — слышу я папин голос, и через мгновение наш самый близкий человек садится рядом со мной. — Видимо, здесь он не просто так.

— Не просто, — качает головой Руан. — Я решил рассказать вам о вашем даре и позволить сделать выбор.

— Опять? — жалобно спрашивает Лира. — Я не хочу...

— Ваши «приключения» закончились, — улыбается Руан. — Теперь вы можете жить счастливо, но...

— Но? — поднимает папа бровь.

— Ваш дар — путешествие во снах, — объясняет демиург. — Ваши предки в своих снах прошли путь войны. Вы получили близкого, ваши дети могут получить возможность путешествовать по мирам. Впрочем, это и вам по силам.

— Знаете, Руан... — я задумываюсь на мгновение, но потом просто качаю головой. — Это, конечно, очень интересно, но мы устали.

— Не отказывайся с ходу, сын, — советует папа. — Возможно, демиург хочет рассказать, как это делать?

— Ты понял, — улыбается Руан. — Вы действительно сможете побывать почти везде, ну, давайте возьмём...

— А там, где нас предали... Там так всё и осталось? — спрашиваю я. — И что это вообще было?

— Цивилизации развиваются по-разному, — вздыхает

демиург. — Обычно мы не вмешиваемся в пути развития... Смотри.

Перед нами раскрывается большой полупрозрачный экран. Мы видим суд. Люди планеты судят своих советников за то, что их действия привели к гибели детей. Они поверили в то, что мы погибли, а те, вторые, видимо, не стали просвещать «разумных».

— Эта цивилизация разделилась, — объясняет Руан. — Одни пошли по пути духовного развития, другие — технологического. Но и те, и другие сделали одну и ту же ошибку — начали решать, что есть благо для других. И те, кто мучил вас, и те, кто предал, и те, кто играл во всемогущих, наказаны самим Мирозданием. По сути, ещё дети, они только начинают что-то осознавать, но вот вы двое... Вы стали землянами в тот миг, когда назвали Александра своим родителем.

— Значит, для нас всё? — интересуется Лира.

— Для вас всё, — кивает демиург. — Поэтому для вас у меня будут небольшие подарки.

— А если мы согласимся... ну, во сне? — спрашиваю я.

— Тогда будет школа, — улыбается Руан, явно вспоминая что-то хорошее. — Впрочем, вы не должны принимать решение немедленно. Пока же я оставлю вам простую возможность — достаточно представить разумного или местность, чтобы оказаться там.

Мне кажется это объяснение каким-то странным, но что я знаю о демиургах? Может быть, у них так принято?

Выдав нам короткие инструкции, Руан исчезает, оставив нас с единственным вопросом: что это было?

— Папа, а почему он такой... странный? — спрашивает Алёнка.

— Ты невнимательно его слушала, — хмыкает папа. — Он же сказал о взрослении цивилизаций. Почему этот вопрос не может касаться и демиургов?

— То есть он ребёнок? — удивляюсь уже я, потому что это объяснение мне в голову не пришло.

— Самое главное, что нам сказали, — резюмирует папа, — приключения закончились, можно просто жить. А что там со снами будет — это пока неважно.

— Я не хочу никаких академий, школ и прочего во сне, — признаюсь я. — Будем ходить в обычную школу, возвращаться домой, жить...

— Я согласна с Гришей, — поднимает руку Лира. — Но правильно ли я поняла, что наши дети или внуки?..

— Вполне возможно, — кивает папа, потянувшись обнять девочек. — Но это будет в будущем, а сейчас можно просто жить.

— Приключения закончились... Папа, а давай за город махнём? — вспоминаю я то, что было во время второго Испытания.

Я не спрашиваю о сути Испытаний, потому что понял уже и сам. Эти Испытания были работой именно этого демиурга, потому что иначе они не объясняются. А раз объяснение только одно, то зачем нужно задавать тысячу и один вопрос? Получается, что и демиург тоже... хм... взрослеющий. Испытания были непростые, но зато мы обрели папу, так что пусть... Что было — то было, вот. Так папа говорит, а он точно знает, как правильно.

— Шашлыков хочешь, — понимает папа. — Махнём, чего бы не махнуть. Вот бабушка добро на передвижения даст — сразу и махнём. А пока давайте-ка просыпаться будем.

Я открываю глаза и чувствую — что-то изменилось. Пытаясь понять, что именно, осознаю: нет больше ощущения, как будто что-то придавливает к кровати. Сажусь... Всё в порядке. Рядом удивлённо смотрит на меня и Лира. Она подтягивает ноги к себе, обнимая их, и только затем понимает.

Счастливый визг моей любимой девочки будит Алёнку и заставляет папу буквально влететь в комнату. Лира самозабвенно визжит. Я её понимаю, потому что, похоже, демиург нас обоих вылечил, и теперь можно спокойно двигаться. Ну, мне так кажется, потому что любимая пользуется ногами так, как будто и не были они неподвижными.

Я осторожно слезаю с кровати под внимательным взглядом отца. Нет тяжести, тело полно сил, как не было даже на звездолёте. Сейчас расплачусь от этого ощущения освобождения, просто не выдержу, но нужно помочь и Лире. Протягиваю ей руки, любимая цепляется за них и... через долгое мгновение мы стоим на полу.

*РАЗДЕЛЕННЫЕ СНОМ*

— Папа, реабилитация не нужна, — сглотнув комок, вставший в горле, говорю я папе.

— Бабушке надо позвонить... — наш отец делает шаг вперёд, чтобы обнять нас обоих. Кажется, он и сам едва удерживается от слёз, хотя причина мне непонятна.

Ну а затем — затем опять становится шумно, правда, на этот раз нас везут в Главный Госпиталь Флота, чтобы обследовать. Даже не покормив, кстати, что мне совсем не нравится, потому что я уже привык вовремя питаться, но папа только улыбается на мои вопросы и прижимает к себе нас всех троих. Алёнка тоже не покушала, деля с нами и трудности, и радости. Она говорит — так правильно.

## Лира Несмеянова

Я стою! Я хожу! Я могу!

Это просто невыразимое счастье — всё делать самой! Я могу пойти в туалет, сама помыться, сама поесть, хотя мне нравится, как Гришка меня кормит. Но в больнице нам сказали, что мы абсолютно здоровые и нормально развитые для нашего возраста, и это огромное счастье.

Я, конечно, догадываюсь, кто виноват в наших Испытаниях, и почему они были именно такими, но вовсе не злюсь, потому что взамен мы обрели семью. Всю нашу огромную семью Несмеяновых. Так что так, наверное, правильно, ведь ничего не происходит просто так. Значит, наши Испытания и были той ценой, которую пришлось заплатить. Зато теперь мы знаем: мы никогда не будем одни.

— В субботу едем за город, — информирует меня папа. — То есть, завтра.

— А сегодня? — интересуюсь я.

— А сегодня мы будем выяснять с вашей школой, — хмыкает папа, глядя на мою с Алёнкой игру. — Чтобы тебя не пугать.

Я и Алёнка поочерёдно меняем форму ушей, отчего кажется, что острые ушки кочуют от одной к другой. Выглядит это, судя по зеркальцу в машине, забавно. Папа улыбается, а вот мне от известия о школе становится как-то не по себе, что сразу же видит Гришка, обнимая меня.

— Это другая школа, — сообщает папа, тоже поняв, в чём дело. — Здесь, я надеюсь, эксцессов не будет.

— Это какая? — интересуется Алёнка. — Флотская?

— Флотская, — кивает папа, аккуратно ведя машину. — В ней учатся в основном дети офицеров Флота и вспомогательных служб.

Это он мне и Гришке поясняет, потому что сестрёнка и так знает, она нам уже все уши прожужжала этой школой. Мало того что флотская считается лучшей, так ещё там мы точно не будем «мартышками в зоопарке».

Папин автомобиль останавливается у ажурного здания, выглядящего, как шар с крыльями. Очень красивое здание, но вряд ли же это школа?

Оказывается, это и есть школа, в которой мы, возможно, будем учиться. Уже интересно, как говорит папа.

Мы выходим из машины, при этом Алёнка делает себе острые ушки, поэтому получается трое остроухих сразу, но никто почему-то на нас не пялится. Мы заходим в это здание, папа тут выходит вперёд, показывая, куда идти. Ну и мы следом за папой, как же иначе? Небольшая лестница, вполне обычный коридор и дверь с надписью «Директор». Из глубин души поднимается страх.

— Ну что ты, любимая, мы дома, здесь точно не обидят, — уговаривает меня Гришка, а я просто дрожу, сама не понимая, почему.

— Папа, стоп! — командует Алёнка, обнимая нас обоих.

Стоит ей закрыть страшную надпись, и я начинаю потихоньку успокаиваться. Получается, меня пугает сама надпись, а почему? Я не помню... Или просто не хочу вспоминать?

— Сейчас плакать буду, — честно предупреждаю я.

— Не надо, пожалуйста, — просит меня Алёнка. — Директор не страшный, тебя здесь точно никто не обидит и бить не будет, честно-пречестно.

— Вот настолько всё плохо? — слышу я незнакомый женский голос.

— Мучили её там... Сына тоже, но он просто не знает этого слова, а вот дочь... — папа вздыхает.

— Девочка, посмотри на меня, пожалуйста, — просит всё тот же голос с нотками ласки и сочувствия.

Я прилагаю усилие, чтобы открыть зажмурившиеся будто сами по себе глаза, чтобы в следующее мгновение увидеть улыбающуюся женщину. Она одета в синий брючный костюм и смотрит на меня как-то очень по-доброму. Страх куда-то пропадает, как будто этот взгляд слизывает его.

— Ну что? — спрашивает меня эта женщина. — Не страшная я?

— Не страшная, — качаю я головой. — Но всё равно боязно немного.

— Варианта я вижу два, — сообщает папе эта незнакомка. — Или детей — на домашнее, или будем пробовать.

— Лучше пробовать, — отвечает ей Алёнка. — Потому что иначе они общению не научатся, ведь там младшие были совсем одни...

Алёнка очень умная, и она лучше знает, как правильно. Я ей полностью доверяю, поэтому, раз она говорит, что лучше пробовать, то будем пробовать.

Происходящее после мне не очень ясно, а Гришка, по-моему, вообще пропускает всё мимо ушей. Нас, насколько я понимаю, оформляют. Любимого со мной — в третий класс, а Алёнку — в её шестой. Мы будем в одной школе учиться, потому что так правильно.

Правильно-то правильно, но страшно очень... А вдруг опять?

Я-то, может, и понимаю, что ничего «опять» не будет, но вот что-то внутри не позволяет этому поверить. Но Алёнка права, если мы дома учиться будем, то выучимся, конечно, но среди людей нам будет плохо, а нам здесь всю жизнь жить, поэтому надо брать себя в руки. В конце концов, со мной Гришка, он за меня кому угодно голову открутит, а ещё есть папа и все Несмеяновы. Я больше никогда не буду одна.

От этой мысли я выпрямлюсь и твёрдо смотрю в глаза директору, всё понимающей женщине, сразу же радостно заулыбавшейся. Она поняла.

— Здесь решили, — кивает тоже всё понявший папа. — Поехали домой, к завтрашнему дню готовиться.

— Мясо купить надо, — сразу же сообщает Гришка. — И овощи. Но овощи — это Алёнку надо с собой брать или Лиру, потому что я их выбирать не умею.

— Не умеет, — киваю я, вспоминая Испытание. — Так что да, поехали?

— Поехали, — кивает папа, открывая дверцу автомобиля.

Надо же, а я и не заметила, как мы вернулись обратно. К машине в смысле. Страх полностью исчез, давая мне насладиться этим состоянием. Ведь мы дома, а дома ничто угрожать не может, правильно?

Всё-таки я как-то быстро приняла тот факт, что хожу.

Конечно, нас полдня обследовали в госпитале, прививку какую-то сделали, я не поняла, какую, но вот сам факт — даже не ожидала, что так быстро приму. Не знаю, насколько это обычно, да и не хочу знать, честно говоря, потому что для меня лично это дело кажется нормальным. А раз кажется нормальным, то и думать не стоит, правильно?

— Любимая моя, — обнимает меня Гришка в машине. — Как здорово, что ты больше не боишься.

— Ты погоди, — с улыбкой отвечаю я ему. — Вот пойдём в школу, и там я ка-а-ак испугаюсь! Кстати, папа! А почему на нас не глазеют?

— Не принято у нас глазеть, — хмыкает наш папа, начиная движение. — Кому хотелось, по телевизору всё рассмотрели. А остальные просто принимают вас такими, какие вы есть, и всё.

— Здорово... — тихо произношу я. — А ещё я плакать постоянно перестала.

— И это очень хорошо, — заключает Алёнка.

Гришка согласно кивает. Автомобиль трогается с места, отправляясь в сторону магазина, потому что рынка у нас тут нет. Надо будет спросить, кстати, почему нет рынка, насколько я помню по Испытанию, он обычно есть, а вот сейчас — нет. Интересно же, почему. Ну а пока можно расслабиться и помечтать...

## ГЛАВА ДВАДЦАТЬ ПЯТАЯ

**Гриша Несмеянов**

Задумавшись о земных болезнях, я обращаюсь с этим вопросом к заулыбавшейся бабушке. Она, конечно же, подумала о земных вирусах, хотя большинство болезней давно побеждено. Кстати, надо будет об этом почитать. Пусть их мало, но даже против тех, что есть, мы беззащитны же.

— В госпитале, внучек, — объясняет бабушка, — вам сделали универсальную прививку. Давно прошли те времена, когда у нас было с десяток разных вакцин. Теперь существует лишь одна, причём прививают раз в жизни — при рождении, дальше организм справляется сам.

— То есть земные болезни нам не страшны? — уточняю я.

— Почти все вам не страшны, а те вирусы, что вы принесли с собой, не страшны землянам, — отвечает мне самый главный доктор семьи.

— Ура! — радуюсь я.

Бабушка с дедушкой приехали к нам, чтобы помочь со сборами — мы за город едем, вся семья. Будут ещё и папины друзья, они уже там, ждут нас, а мы пока только собираемся. Надо взять мясо, овощи, соки опять же. Взрослые алкоголь, наверное, пить будут, а мы ещё маленькие, да и, честно говоря, не сильно и хотелось-то.

Мы загружаемся в явно военный дедушкин автомобиль, чем-то на кирпич похожий. Ну, дед-то наш флот водит, ему, наверное, положено. Поэтому залезаем в машину в полной готовности ехать, но тут у деда звонит телефон. Он моментально становится очень серьёзным, доставая небольшую полупрозрачную панель с ладонь величиной.

— Ну? — произносит дедушка. — По времени сколько? — потом кивает и завершает разговор: — Вот через три часа и доложишь.

Бабушка смотрит на него с тревогой, а я расслаблен, потому что они взрослые, у них свои дела. Автомобиль в это время трогается с места, отправляясь в путь. Я обнимаю Лиру в предвкушении, дед чуть улыбается, бабушка поджимает губы. Наконец, она не выдерживает:

— Фим, чего там? — интересуется наша бабушка.

— Да, говорят, аномалия фиксируется, — вздыхает наш дедушка. — Часа через три понятно будет, о чём речь. Там Куприянов на звездолёте этом, если что, сообщат.

— Внучата приоритетнее, — улыбается всё понявшая бабушка.

Я догадываюсь, что, возможно, в космосе что-то происходит, но дед выбрал нас. Это на самом деле бесценно, когда выбирают нас, хотя происходящее может быть важным. Вспоминая наши приключения, я осознаю, что случиться может что угодно. Впрочем, дед спокоен, папа вроде бы тоже, так что и нам незачем нервничать.

— Если что, — добавляет дедушка, — меня и отсюда услышат, связь у нас всё-таки довольно серьёзная.

— Тогда хорошо, — кивает бабушка.

Я обнимаю прильнувших ко мне Лиру и Алёнку, чувствуя себя совершенно счастливым. Просто невозможно описать это невозможное счастье — рядом сестрёнка и любимая, дедушка, бабушка и самый главный в нашей жизни человек — папа. Я закрываю глаза, поэтому не вижу, как мы выезжаем за город. Просто хочется открыть глаза, а там всё будет, почти как во время Испытания — так же будут стоять взрослые, играть дети и улыбаться папа.

Это так здорово, когда папа улыбается, просто слов нет!

Спустя не слишком долгий промежуток времени мы

останавливаемся. Я открываю глаза, чтобы увидеть ту самую реку, кучу военной техники возле неё, торчащие антенны, деловито снующих солдат, а чуть поодаль стоят они — те самые люди, которые во время второго Испытания показали нам с Лирой, что такое семья. Кто знает, что было бы с нами, если бы не они.

Выскочив из машины, чуть не позабыв мясо, овощи и другие продукты, несёмся к этим людям, чтобы поприветствовать, поблагодарить, расспросить. Они такие близкие, родные, просто не сказать, какие... И хотя я знаю, что Испытания для них не было, но все они улыбаются нам, расспрашивают, обнимают. Мы действительно дома среди них.

Дед с папой занимаются мангалом, я выучил это слово, Алёнка с кем-то уже щебечет, а Лира прижимается ко мне. Нам с ней хватает того тепла, которое мы ощущаем, просто находясь среди этих людей.

— Лира! Иди сюда! — зовёт любимую тётя Люда. — Поможешь овощи резать.

— Гришка! — зовёт меня дядя Вася. — Давай к нам!

Нас с Лирой растаскивают в стороны, но мы всё равно держим друг друга в поле зрения. Не только потому, что привыкли всегда быть вместе, но ещё и потому, что просто иначе не умеем. Мне очень надо видеть любимую, а ей меня. А лучше всего — прикасаться, чувствовать друг друга.

Видя, что я постоянно отвлекаюсь, дядя Вася берёт

меня за руку и отводит к женщинам. Он улыбается, тётя Люда понимающе кивает, а Лира сразу же прижимается ко мне. Не можем мы, похоже, друг без друга, и взрослые понимают это.

— Принимайте пополнение, — шутит дядя Вася. — А то будет мясо в непредусмотренном месте.

— Я аккуратная! — возмущается Лира, но со мной не расцепляется.

— Аккуратная ты моя, — улыбается тётя, обнимая нас обоих.

— Так тепло... — шепчет любимая.

В этот самый момент раздаётся громкий звуковой сигнал. Коротко рявкнула сирена, отчего мужчины вдруг становятся серьёзными и торопятся к военной технике, упёршейся антеннами в небо. Я прислушиваюсь к себе, но не чувствую тревоги.

— Тащ адмирал! — слышу я чей-то голос. — В систему корабль вошёл, но язык, на котором вызывают, ещё расшифровывается, может...

— Может, — кивает дед, подходя к нам. — Ну-ка, внучата, пойдёмте-ка со мной.

Я киваю и иду к нему. Почему-то совсем нет ни тревоги, ни страха, хотя он, наверное, должен быть, но я просто знаю, что мы дома, и нас никому не отдадут. Я на все двести процентов уверен в своей семье, именно поэтому спокойно иду к вагончику. Лира тоже спокойна, я чувствую это.

Внутри вагончика — большой экран. Дедушка что-то переключает, и вдруг до нас доносятся слова Всеобщего языка, на котором говорят остроухие. И снова страха нет, я просто знаю — нас не предадут.

— Посольский корабль «Алькар» приветствует разумных освободителей народа ха'арш! — чётко звучат слова с экрана. — Просим подтвердить готовность говорить.

— Нас отсюда услышат? — спрашиваю я деда. — Это посольский корабль, что бы это ни значило.

— Каплей? — спрашивает кого-то дедушка. — Давай, внучок, говори.

Внутри всё замирает, ведь сейчас я буду произносить приветствие от лица не только своей семьи, но и всей планеты. Насколько я помню этикет, отвечать можно в свободной форме, хотя форма приветствия должна сохраняться. Ну, если у них тот же этикет, что был в замке.

— Посольский корабль «Алькар», с вами говорит Земля, — медленно, контролируя интонации, отвечаю я. — Мы готовы говорить с вами! Приветствуем пришедших с миром!

— Земля, пришедшие с миром приветствуют вас! — доносится в ответ.

Я выдыхаю — они подтвердили, что не собираются нападать, значит, всё в порядке. Теперь надо перевести флотским и объяснить этикет. Ой, Кокхав же есть!

— А можно с Коквавом связаться? — интересуюсь я у деда, понимая, что вопросов будет множество.

— Можно, — кивает наш дедушка. — Говори.

— Коквав, здравствуй, друг! — радостно произношу я, хотя мне немного стыдно — я о звездолёте совсем забыл.

— Здравствуй, друг, — отвечает по-русски звездолёт. — Я изучил язык твоей семьи.

— Помоги, пожалуйста, землянам и новоприбывшим понять друг друга, — прошу я, получая согласие. — Вот, теперь вам звездолёт всё переведёт, — уточняю я для деда.

— Ну, а теперь рассказывай, — требовательно произносит он.

## Лира Несмеянова

Не можем мы без приключений! Даже на шашлыки выехать без них не получается — сразу же откуда ни возьмись — посланцы других миров, причём ссылающиеся на магических слуг. Гришка очень хорошо придумал — исключить нас из переговоров, хотя, мне кажется, так просто не будет, не зря же они упомянули народ ха'арш.

Пока Гришка рассказывает, я вспоминаю о данном нам кубе, напоминая ему об этом. Мы совсем забыли и о Кокхаве, и о ха'аршах, и об остроухих, поэтому, видимо, нам такая расплата. Ну, за то, что забыли всё на свете. Хотя теперь переговоры могут и без нас вестись, но дедушка и ещё мужчины нас сейчас покинут... Хорошо, что папа останется с нами.

Есть что-то странное в том, как этот посольский корабль появился. Наверное, это тот демиург что-то придумал — или наградить решил, или совсем наоборот. Даже и не знаю, но есть такое ощущение лёгкой наигранности, да и те, кто говорил с Гришкой, явно точно знали, кто им ответит, а так просто не бывает. Я, конечно, не великий эксперт во всяких протоколах, но просто не похоже, что всё это «само». В любом случае, что случится, то случится, так папа говорит.

Несмотря на то что половина мужчин и часть женщин уехали, мясо получается выше всяких похвал, то есть очень вкусное. Поэтому мы сидим сейчас за большим столом и наслаждаемся очень вкусной едой.

— Не волнуйтесь, — говорит тёте Люде Гришка. — Они подтвердили, что пришли с миром, значит, ничего плохого произойти не может.

— Они не могут обмануть? — интересуется тётя, на что мой любимый только улыбается.

— Обмануть они могут, — отвечает Гришка. — Но эти не будут, потому что это не остроухие, а кто-то другой. К тому же нас назвали спасителями их народа... Странно...

— Руан, — одними губами произношу я, и любимый задумывается, чтобы спустя некоторое время только кивнуть.

Сергей Дмитриевич вместе с папой приносят большой телевизор. Они выглядят так хитро, что все вокруг понимают — это не просто так. Сергей Дмитриевич — это друг дедушки, но он уже не служит, а отдыхает. Это называется — на пенсии. Так бывает, когда уже много лет отработал и всё-всё сделал, поэтому можешь отдыхать и получать за это деньги. Кажется, как-то так.

— Сейчас будет, — чему-то улыбается папа, хотя я подозреваю, чему.

Телевизор включается, и я замираю. На экране очень хорошо виден дедушка, пожимающий руку кому-то очень похожему на ха'арша, только раза в три выше, судя по тому, как он стоит. То есть только рост большой, а так — вполне себе ха'арш, даже одежда такая же. Интересно, что это значит?

— Человечество сделало новый шаг на пути к звёздам, — произнес голос из телевизора с торжественными интонациями. — Сегодня человек с Земли встретился с обитателем планеты Т'арш.

Начинается рассказ о том, как в Солнечную систему вошёл космический корабль, представившийся посольским, как искали пути взаимопонимания, шли переговоры и так далее, а я задумываюсь. Два часа назад дедушка был здесь, как он успел добраться до границ системы? Надо будет папу потом спросить.

— Мы пришли, чтобы установить дружеский контакт с людьми планеты Земля, — заявляет этот высокий ха'арш. — Дети вашего народа спасли родственную нам расу ха'аршей, захваченную в рабство коварными Алкалли. Принеся в жертву себя, пойдя на страшные Испытания, ваши дети спасли наших сородичей и тем показали свою душу.

— Санта-Барбара какая-то, — задумчиво говорит папа. — И пафоса многовато, и логики маловато... Есть у меня ощущение.

— Да, папочка, — киваю я. — Очень похоже на вмешательство. Но, может, он не со зла?

— Со зла или нет, но не дело так вмешиваться, — вздыхает наш папа.

В этот миг всё вокруг замирает. Перестают шевелиться ветви деревьев, замирает ветер, облака останавливают свой бег и замирают в неподвижности все люди, кроме нас четверых — Алёнка, папа, Гриша и я ошарашенно оглядываемся, не понимая, что происходит.

— А я тебе говорила, — слышу я женский голос откуда-то сзади.

Оборачиваюсь и вижу девушку, одетую в серебристое, будто светящееся платье, а рядом с ней стоит совсем маленький мальчик, выглядящий сейчас очень виновато. Девушка отчитывает его, совсем нас не замечая, но я вижу, что малыш сейчас плакать будет, поэтому едва подавляю в себе желание взять его на руки. Что это? Кто это?

— Меня зовут Мия, — отвечает девушка на мой незаданный вопрос. — А это — Руан.

— Как-то раньше он взрослее выглядел, — подаёт голос папа. В его интонациях слышна улыбка.

— Я наставница маленьких демиургов, — сообщает нам Мия. — Руан был наказан Мирозданием за нарушение одного из основных правил. Любое живое существо имеет право на свободу воли и на собственное развитие. Поэтому ему предстоит проходить путь взросления заново, ну а вы... Вы будете развиваться сами.

— Инопланетяне эти странные — это его работа? — понимает папа.

— Да, Александр, — кивает девушка. — Вы вольны выбрать. Оставить всё так или...

— Лучше — или, — отвечаю ей я, шагнув вперёд. — Пусть люди живут, развиваются и встречаются с братьями по разуму тогда, когда будут к этому готовы.

Откуда у меня эти слова в голове, я и сама не знаю, но понимаю при этом — так правильно. Каждый должен идти своим путём... Гриша встаёт рядом со мной, полностью поддерживая. Страха нет, потому что я дома, среди своих родных. Мы отлично проживём без резких прорывов... Земляне ещё не готовы, я знаю это, это понимает и папа, кивая в ответ на мои слова, это, похоже, принимает и Мия.

— Вот видишь? — говорит она малышу Руану. —

Именно поэтому тебя и наказали, а дети оказались мудрее демиурга. Учись.

— Что будет теперь? — спрашиваю я.

— Теперь вы будете жить, — улыбается в ответ Мия. Очень у неё улыбка ласковая, что я замечаю сразу. — Кстати, звездолёт вам остаётся, ведь он — часть вашей истории. Не забудьте о кубе, данном вам ха'аршами. Он тоже часть вашей истории.

Она исчезает, а я думаю о том, что день сегодня получился каким-то очень загадочным и странным. Проходит совсем немного времени, и я чувствую сонливость, меня буквально тянет лечь прямо там, где я стою. Странно, но не снится мне ничего. Кажется, только закрыла глаза, а в следующий момент...

— Вы ещё спите? — слышу я удивлённый дедушкин голос. — На шашлыки же собирались!

# ЭПИЛОГ

**Григорий Несмеянов**

Несмотря на ожидание какой-нибудь пакости, её так и не последовало. Мы отлично отдохнули в тот день. Папа рассказывал анекдоты, дядя Витя пел под гитару, а дед задумчиво смотрел в небо. Наверное, он грезил о далёких звёздах.

Не прошло и недели — мы пошли в школу. Это «мы», возникшее в холодном страшном замке Алькаллар осталось с нами навсегда. Что бы мы ни делали, где бы ни учились, с нами было это «мы», поэтому даже эти строки сейчас мы пишем вдвоём. Подошёл к концу наш рассказ о судьбе двоих маугли, которым очень нужен был папа. Самый настоящий папа, пришедший сначала к Грише, а потом и к Лире во сне. Учивший, утешавший и ждавший нас папа. Ну и Алёнка, конечно, как же иначе?

Флотскую школу мы закончили с отличием, хотя в самом начале нас ожидал сюрприз. Сюрпризом оказался «Кокхав», точнее, его разум. Он у нас вёл уроки по устройству Вселенной и этикету других рас. Требовательный оказался учитель, хотя никогда никого не обижал, наверное, это потому, что имел наш пример.

Алёнка встретила своего самого-самого в десятом классе, а поженились они уже после Флотской Академии. Конечно же, все мы во Флоте. Остроухие Несмеяновы никого не удивляют, как будто так и надо. Гриша и Лира входят в группу Контакта, Алёнка работает у бабушки, а наши дети...

Близнецы Серафим и Саша родились у нас, когда Лира была на четвёртом курсе Академии. Несмотря на то что факт их рождения немного помешал учёбе, никто ничего не сказал, потому что дедушка и папа лишились дара речи, услышав имена малышей, а бабушка только улыбалась. Ну а потом пришла наша очередь улыбаться, потому что у папы появилась «зазноба», как её назвал дедушка.

Дети наши подросли, Алёнкины тоже, у неё аж тройня. Ой и весело было всей семье с тремя близняшками, ну да это дело прошлое уже. Детский сад у нас на корабле — почти близнеце «Кокхава». Нашим учёным удалось повторить устройство его двигателей, поэтому мы спокойно чувствуем себя в межзвёздном пространстве, хотя далеко пока ещё не прыгаем.

— Несмеянов вахту принял, — спокойно произношу я в микрофон.

Я сегодня — дежурный офицер, вахтенный. Лира моя — старший пилот уже. Теперь мы знаем, что делал Вариал с пультом — выставлял параметры прыжка, чтобы звездолёт отправлялся совсем не туда, куда надо было. Обманывал он нас изначально, но это, пожалуй, тоже пройденный этап.

Лира всё ждёт, какими будут сны у малышей, но им пока снятся только обычные детские сны, что даёт надежду... Незачем им иметь такой опыт, честно говоря, потому что кто знает, куда их утянет. Нам же сны сниться перестали, ну, те, в которых мы с папой были, хотя, если пожелать, то могут и присниться... Наверное.

Жизнь у нас спокойная и счастливая благодаря папе, деду и всем-всем Несмеяновым, к которым теперь относимся и мы.

— Фиксируется облако второго класса прямо по курсу, — сообщает наблюдатель.

Это может быть аномалия, мы такие уже видели, но инструкции неумолимы — палец ложится на сенсор боевой тревоги. Звучит сирена, докладывают люди, а я думаю. Как-то легко нас отпустило детство, хотя травмы должны были ещё проявляться, но — как отрезало.

Может быть, та наставница демиургов подарила нам возможность жить без багажа прошлого?

Бабушка и дедушка уже третье омоложение проходят, потому что их уговаривают на это дело, не отпускают. Вроде бы, от жизни они пока не устали, и это хорошо, потому что представить мир без них я не смогу никогда.

— Муж, не отвлекайся, — моя самая любимая на свете женщина напоминает мне о том, что у нас, вообще-то, тревога.

— Мостик наблюдателю, что у нас? — интересуюсь я.

— Облако плотное, усиливается, — следует доклад, и в сердце екает: неужели?

— Командира разбудите, — прошу я, вызывая на экран аномалию.

Действительно, очень похоже на облако, возникающее на выходе из прыжка. Вот только странное оно какое-то, необычное. С трудом давлю в себе желание эвакуировать любимую и детей, вместо этого отправляя сообщение флоту. Деду, конечно, ну и папа тоже услышит.

— Гришка, два часа! — сообщает далёкий голос папы, от волнения обращающийся не по уставу.

Сюда идёт весь Первый Звёздный, значит, в любом случае всё будет хорошо. Да и не начинают так атаку, по-моему. Внутреннее ощущение спокойное, значит, всё хорошо будет. Дедов Второй Флот стал Первым Звёздным недавно — года два назад, как только пошли в серию новые корабли. Куб ха'аршей оказался банком знаний. Большая часть нам интересна только как общая информация — справочник рас, агрессивность, классификация, а вот меньшая часть заключённых в кубе знаний позволила подстегнуть земную науку. Теперь мы летаем в пределах своего сектора, но экспедиция ещё только готовится. Несмотря на миролюбие, нужно уметь защищать свой дом от тех, кто «лучше знает, как правильно».

— Есть прорыв, — сообщает спокойный голос оператора. — Корабль класса Т'кан по классификации ха'аршей.

— Т'кан... — задумчиво говорю я. Включив дальнюю связь, говорю на Всеобщем: — Неизвестный корабль, здесь патрульный крейсер «Звезда», Земля. Представьтесь.

— Патрульный «Звезда», здесь посольский корабль Империи Ту-кан, — отвечает мне явно синтезированный голос. — Мы идём с миром.

— Принимаем вас с миром, — отвечаю традиционной фразой. — Цель вашего посольства?

— Мы ищем легендарных Спасителей, о которых нам поведали ха'арши, — звучит в ответ, заставляя меня замереть, а Лиру прыснуть, несмотря на серьёзность ситуации. — Вы не встречали их?

— Что вам известно о Спасителях? — интересуюсь я, до последнего надеясь, что речь идёт не о нас.

— Они остроухи, пошли на Испытания Разума ради

спасения народа ха'арш и отправились к своему родителю другой расы, — ответ заставляет только тяжело вздохнуть. Вот и нас слава настигла.

— Приветствуем вас в нашем секторе, — формальная фраза звучит как-то совсем двусмысленно, а я активирую экран.

## Берёзкин

Александр Александрович Берёзкин осознавал простой факт — жизнь его несколько утомила, но ни уйти в следующее своё воплощение, ни просто уйти с поста Советника он не мог. Волхв очень чётко объяснил ему этот факт, поэтому осталось только смириться.

Но человеку свойственно ошибаться, поэтому штат советников, психологов, врачей пристально следил за состоянием того, кого ранее называли Странником, а теперь Советником. Это стало его официальным званием, хотя, по сути, он воплощал свои мечты.

— Товарищ Советник, — ожил наручный коммуникатор. — Сигнал с патрульного «Звезда».

— Подробности? — поинтересовался Советник.

— В сектор вошёл корабль, — ответил секретарь. — Посольский корабль, разыскивающий наших «маугли». Они, оказывается, в процессе освободили целый народ, так что у нас Контакт. Первый Звёздный уже в пути.

Первый Звёздный флот был личным детищем Берёзкина — в нём были собраны не просто все лучшие, но ещё и обладающие теми или иными неординарными способностями. Человечество сделало очередной шаг на пути к Звёздам — встретило родственную расу, отчего теперь ожидались очень активные телодвижения — начиная от группы Контакта и заканчивая задушевными разговорами с Чужими. Ну, как Советник себе это представлял.

— Флоту — наивысший приоритет, — отдал Берёзкин распоряжение. — О ходе Контакта докладывать ежечасно.

— Есть, понял, — лицо референта в полупрозрачной проекции, вставшей над коммуникатором, изобразило кивок.

«Вот и наступила новая эра», — вздохнув, подумал Советник.

Впереди ожидали нехоженые пути, неизведанные планеты и много попыток взаимопонимания с самыми разными разумными. Земля готовилась вступить в содружество рас Галактики, её история продолжалась.

— Посольский корабль инициировал протокол Встречи, — сообщил референт.

Это значило — первичное взаимопонимание достигнуто, можно двигаться дальше. Узнавать друг друга, обмениваться знаниями, восторгаться культурой. Об этом уже можно было рассказать Земле, поэтому Берёзкин тронул пальцем сенсор вещателя. Планете предстояло узнать о встрече разумных разных миров.

— А почему так быстро, неизвестно? — поинтересовался Советник.

— Так «маугли» же на патрульном служат, — хмыкнул голос секретаря, — вот и опознались...

Ответ всё объяснял, поэтому Берёзкин только коротко кивнул, готовясь говорить на всю планету.

## Лира Несмеянова

Стоило детям подрасти, и мы прекратили мотаться по всей Галактике с посольствами. Гриша говорит — хватит, надо быть подле деток, помогать им взрослеть, чтобы они не чувствовали себя совсем одинокими. Наверное, муж что-то предчувствует, но вот что именно, не говорит.

Я и сама устала от посольств, планет, протоколов... На Земле нам намного комфортнее, поэтому мы сейчас в оперативном резерве.

Столько времени утекло с тех пор, как нас мучили боги, даже и не верится теперь, что это всё было на самом деле. Дедушка и бабушка постепенно устают, но мы их просто не отпускаем, папа усилиями внуков нашёл нам маму. Она очень хорошая, милая и добрая.

Случилось это, когда дети начали видеть сны. Мы так надеялись, что их минет чаша сия, но не вышло — наши дети в своих снах умеют ходить по мирам. Получается это у них пока ещё не очень хорошо, но вот наша мама, Майя, она как раз была ими найдена в одном из снов.

Именно поэтому, кроме школы в реальности, у них ещё есть Снакадемия во сне, где деток наших учат правильно ходить по снам. Судя по всему, рано или поздно и у них случится своё приключение. Надеюсь только, что это приключение не будет связано с болью или горем. Но вот как защитить детей, я не знаю, зато знает Майя.

Она и нам предлагала Академию, но мы с мужем отказались — устали мы от приключений ещё в детстве, пора отдыхать и от этого. Нас полностью устраивает наша жизнь, то, чего мы достигли, то, чем стала Земля, поэтому убегать в другие миры просто не видим необходимости. Ну а наши близнецы — они дети ещё, конечно же, им хочется приключений.

Пусть будут приключения, главное, чтобы они хорошо заканчивались, правильно? Вот и я так думаю.

— Мама! Мама! Нас сегодня к демиургам на экскурсию водили, — сообщает мне только проснувшийся Сашка. Или Фим... Они одинаковые просто абсолютно.

— И как? — интересуюсь я, вспоминая Руана.

— Мия тебе привет передавала, — отвечает любимый сынуля. — А откуда ты...

Помню её — это наставница юных демиургов. Значит, всё произошедшее с Руаном сном не было. Интересно всё-таки, в какое приключение ввяжутся наши дети?

# СНОСКИ

### Глава первая

1. Сарай вне основной части замка, но внутри крепостных стен, чаще всего используется для содержания животных.

### Глава вторая

1. Сокращенное название родителя на языке Высших.
2. Жалоба, достаточно частая при развитии некоторых стресс-индуцированных аритмий.

### Глава восьмая

1. Симптомы тяжёлого стресса у детей.

### Глава девятая

1. Звезда. Ну вот так грустно у эльфов с фантазией.

### Интерлюдия

1. Синоним «Маугли».

### Глава шестнадцатая

1. Единый язык планеты отверженных, ну и сообщества, их исторгнувшего.

### Глава семнадцатая

1. Здесь – дикие звери.
2. Племя, стая.
3. Класс искусственного разума, неспособного развиваться самостоятельно.

### Глава девятнадцатая

1. Гриша намеренно допустил ошибку, такова особенность подростковой речи.

### Глава двадцать первая

1. Первая менструация.

## СОДЕРЖАНИЕ

| | |
|---|---|
| ГЛАВА ПЕРВАЯ | 1 |
| Гри'ашн | 1 |
| Калира | 7 |
| ГЛАВА ВТОРАЯ | 13 |
| Гри'ашн | 13 |
| Калира | 18 |
| ГЛАВА ТРЕТЬЯ | 25 |
| Гри'ашн | 25 |
| Калира | 31 |
| ГЛАВА ЧЕТВЁРТАЯ | 37 |
| Гри'ашн | 37 |
| Калира | 43 |
| ГЛАВА ПЯТАЯ | 49 |
| Гри'ашн | 49 |
| Калира | 54 |
| ГЛАВА ШЕСТАЯ | 61 |
| Гри'ашн | 61 |
| Калира | 66 |
| ГЛАВА СЕДЬМАЯ | 73 |
| Гри'ашн | 73 |
| Калира | 78 |
| ГЛАВА ВОСЬМАЯ | 85 |
| Гри'ашн | 85 |
| Калира | 90 |

**ГЛАВА ДЕВЯТАЯ** — 97
Гри'ашн — 97
Калира — 103

**ГЛАВА ДЕСЯТАЯ** — 109
Гри'ашн — 109
Калира — 114

**ГЛАВА ОДИННАДЦАТАЯ** — 121
Гри'ашн — 121
Калира — 126

**ГЛАВА ДВЕНАДЦАТАЯ** — 133
Гри'ашн — 133
Калира — 138

**ИНТЕРЛЮДИЯ** — 145

**ГЛАВА ТРИНАДЦАТАЯ** — 155
Гри'ашн — 155
Калира — 160

**ГЛАВА ЧЕТЫРНАДЦАТАЯ** — 167
Гри'ашн — 167
Калира — 172

**ГЛАВА ПЯТНАДЦАТАЯ** — 179
Гри'ашн — 179
Калира — 185

**ГЛАВА ШЕСТНАДЦАТАЯ** — 191
Гри'ашн — 191
Калира — 197

**ГЛАВА СЕМНАДЦАТАЯ** — 203
Гри'ашн — 203
Калира — 208

**ГЛАВА ВОСЕМНАДЦАТАЯ** 215
Гри'ашн 215
Калира 221

**ГЛАВА ДЕВЯТНАДЦАТАЯ** 229
Гри'ашн 229
Ка... Лира 235

**ГЛАВА ДВАДЦАТАЯ** 241
Гри... ша 241
Ка... Лира 246

**ГЛАВА ДВАДЦАТЬ ПЕРВАЯ** 253
Гриша 253
Лира 258

**ГЛАВА ДВАДЦАТЬ ВТОРАЯ** 265
Гриша Несмеянов 265
Лира Несмеянова 270

**ГЛАВА ДВАДЦАТЬ ТРЕТЬЯ** 277
Гриша Несмеянов 277
Лира Несмеянова 283

**ГЛАВА ДВАДЦАТЬ ЧЕТВЁРТАЯ** 289
Гриша Несмеянов 289
Лира Несмеянова 294

**ГЛАВА ДВАДЦАТЬ ПЯТАЯ** 301
Гриша Несмеянов 301
Лира Несмеянова 307

**ЭПИЛОГ** 313
Григорий Несмеянов 313
Берёзкин 318
Лира Несмеянова 320

*Сноски* 323

www.ingramcontent.com/pod-product-compliance
Lightning Source LLC
LaVergne TN
LVHW021330080526
838202LV00003B/127